KATHERINE APPLEGATE

Crenshaw

Mi amigo imaginario

Título original: *Crenshaw*
Edición: Nancy Boufflet
Colaboración editorial: Ana Lorusso
Arte de portada: Erwin Madrid
Diseño de portada: Rich Deas y Liz Dresner
Diseño y adaptación: Silvana López

Crenshaw de Katherine Applegate
©2015 Katherine Applegate
©2016 V&R Editoras
www.vreditoras.com
Publicado originalmente por Feiwel and Friends, un sello de Macmillan.
Publicado en virtud de un acuerdo con Pippin Properties Inc. a través de Rights People, Londres.

Argentina: San Martín 969 piso 10 (C1004AAS), Buenos Aires
Tel./Fax: (54-11) 5352-9444 y rotativas · e-mail: editorial@vreditoras.com

México: Dakota 274, Colonia Nápoles
CP 03810 - Del. Benito Juárez, México D. F.
Tel./Fax: (5255) 5220-6620/6621
e-mail: editoras@vergarariba.com.mx

ISBN: 978-987-747-067-3

Impreso en Argentina por Buenos Aires Print · Printed in Argentina

Julio de 2016

Applegate, Katherine A.
Crenshaw, mi amigo imaginario / Katherine A. Applegate. - 1a ed. 1a reimp.
Ciudad Autónoma de Buenos Aires : V&R, 2016.
192 p. ; 20 x 13 cm.

Traducción de: Silvina Poch.
ISBN 978-987-747-067-3

1. Narrativa Infantil y Juvenil Estadounidense. 2. Novelas Realistas. I. Poch, Silvina ,
trad. II. Título.
CDD 813.9282

KATHERINE APPLEGATE

Crenshaw

Mi amigo imaginario

Traducción: Silvina Poch

V & R
EDITORAS

para Jake

Dr. Sanderson:

"Piénselo detenidamente, Dowd. ¿No conoció alguna vez, en algún lugar, a alguien que respondiera al nombre de Harvey? ¿No conoció a alguna persona que se llamara así?".

Elwood P. Dowd:

"No, ni una, doctor. Tal vez por eso tuve siempre tantas esperanzas de que eso ocurriera".

–Mary Chase, *Harvey* (1944)

Parte

Una puerta es para abrir

–A Hole is To Dig: A First Book of First Definitions,

escrito por Ruth Krauss e ilustrado por Maurice Sendak

Capítulo 1

Noté varias cosas extrañas acerca del gato surfista...

La primera: Era un gato surfista.

La segunda: Tenía una camiseta que decía: LOS GATOS MANDAN, LOS PERROS LADRAN.

La tercera: Llevaba un paraguas cerrado, como si temiera mojarse. Algo más bien *absurdo* teniendo en cuenta que estaba haciendo surf.

La cuarta: Nadie más en la playa parecía verlo, excepto yo.

El gato había tomado una buena ola y se deslizaba suavemente, pero al acercarse a la orilla, cometió el error de abrir el paraguas. Una ráfaga de viento lo levantó por el aire; no chocó con una gaviota por segundos.

Hasta la gaviota pareció no verlo.

El gato pasó volando como un globo peludo. Yo miré directamente hacia arriba, él miró directamente hacia abajo. Luego me saludó con la mano.

Era blanco y negro, estilo pingüino. Solo le faltaban la galera y el corbatín. Me pareció que se dirigía a un lugar elegante.

También me pareció extremadamente familiar.

"Crenshaw", susurré.

Eché un vistazo a mi alrededor. Vi constructores de castillos de arena, lanzadores de Frisbees y cazadores de cangrejos. Pero no vi a nadie que observara al gato surfista que flotaba en el cielo aferrado a un paraguas.

Cerré los ojos con fuerza y conté hasta diez. Lentamente.

Diez segundos me pareció la cantidad de tiempo necesaria para recuperar la cordura.

Me sentí un poco mareado. Pero eso me ocurre a veces cuando tengo hambre, y no había comido desde el desayuno.

Cuando abrí los ojos, suspiré aliviado: el gato se había ido. El cielo se veía vacío e infinito.

Paf. A pocos centímetros de mis pies, el paraguas aterrizó en la arena como si fuera un dardo gigante.

Era de plástico rojo y amarillo con caritas de ratoncitos sonrientes. En el mango, escrito con crayón, decía: ESTE QUITASOL PERTENECE A CRENSHAW.

Cerré los ojos otra vez y conté hasta diez. Al abrir los ojos, el paraguas —o el quitasol o lo que fuera— había desaparecido. Al igual que el gato.

Eran los últimos días de junio, el tiempo estaba cálido y agradable, pero sentí un escalofrío. Tuve la sensación que uno experimenta un segundo antes de arrojarse a la parte más honda de una piscina. Estamos yendo a otro lugar y todavía no estamos ahí, pero sabemos que ya no podemos volver atrás.

Esta es la cuestión: yo no soy el tipo de chico que tenga amigos imaginarios.

En serio. Este año paso a quinto curso. A mi edad, no es bueno tener reputación de loco.

Me gustan los hechos. Siempre fue así. Los datos reales. Como dos-más-dos-es-igual-a-cuatro. O que los-repollitos -de-Bruselas-saben-a-calcetines-de-gimnasia-sucios.

De acuerdo, tal vez esto último sea solamente una opinión. Y, de todas maneras, nunca comí un calcetín sucio, así que podría estar equivocado.

Los datos de la realidad son importantes para los cien-tíficos, que es lo que quiero ser cuando sea grande. Y los referidos a la naturaleza son mis preferidos, especialmente aquellos que hacen que la gente diga *¿en serio?*

Como que una cucaracha sin cabeza puede sobrevivir dos semanas.

O que un guepardo puede correr a 112 km por hora.

O que, cuando un sapo con cuernos se enoja, arroja sangre por los ojos.

Quiero ser un científico de animales. No estoy seguro de qué clase. En este momento me encantan los murciélagos. También me gustan los guepardos, los gatos, los perros, las serpientes, las ratas y los manatíes. De modo que esas son mis opciones.

También me gustan los dinosaurios, aunque están todos muertos. Durante un tiempo, mi amiga Marisol y yo queríamos ser paleontólogos y buscar fósiles de dinosaurios. Ella solía guardar los restos de los huesos de pollo en el arenero de su casa para practicar excavación.

Este verano, Marisol y yo creamos un servicio de paseadores de perros. Se llama Beethoven. A veces, durante los paseos, intercambiamos datos curiosos sobre la naturaleza. Ayer me dijo que un murciélago puede comer 1.200 mosquitos en una hora.

Los datos son mucho mejor que las historias. Una historia no se puede ver. No puedes sostenerla en la mano ni medirla.

Tampoco puedes sostener un manatí, pero no importa. Cuando uno lo analiza en profundidad, ve que las historias son mentiras. Y a mí no me agrada que me mientan.

Nunca fui un fanático de lo fantástico. Cuando era pequeño, no me disfrazaba de Batman, ni le hablaba a los muñecos de peluche ni pensaba que había monstruos debajo de la cama.

Mis padres dicen que, cuando tenía dos o tres años,

marchaba por todos lados diciendo que era el alcalde de la Tierra. Pero eso solo me duró un par de días.

Por supuesto que tuve mi etapa Crenshaw, pero muchos chicos tienen amigos imaginarios.

Una vez, mis padres me llevaron al centro comercial a ver al conejo de Pascua. Esperamos de pie sobre césped falso junto a un gigantesco huevo falso, que estaba dentro de una gigantesca cesta falsa. Cuando llegó mi turno de posar con el conejo, le eché una mirada a la pata y se la arranqué ahí mismo.

Adentro, había una mano de hombre. Tenía un anillo de oro y almohadillas de pelo más bien rubio.

"¡Este hombre no es un conejo!", grité y una niñita comenzó a berrear.

El gerente del centro comercial nos dijo que debíamos marcharnos. No recibí la cesta con huevos de regalo ni la foto con el conejo falso.

Fue ahí que descubrí por primera vez que a la gente no siempre le agrada que le digan la verdad.

Capítulo

Después del incidente del conejo de Pascua, mis padres comenzaron a preocuparse.

Salvo por mis dos días como alcalde de la Tierra, no parecía dar muestras de tener mucha imaginación. Pensaron que quizá era demasiado adulto. Demasiado serio.

Mi papá se preguntó si no debería haberme leído más cuentos infantiles.

Mi mamá se preguntó si debería haberme dejado mirar tantos programas sobre la naturaleza donde los animales se comían los unos a los otros.

Le pidieron consejo a mi abuela. Querían saber si me estaba comportando de manera demasiado adulta para mi edad.

Ella les dijo que no se preocuparan.

Por más adulto que pareciera, les explicó, se me pasaría sin ninguna duda al llegar a la adolescencia.

Capítulo 4

Unas pocas horas después de avistar a Crenshaw en la playa, volvió a aparecer.

Esta vez, no hubo tabla de surf ni paraguas.

Tampoco hubo cuerpo.

Aun así, yo sabía que estaba ahí.

Eran alrededor de las seis de la tarde. Mi hermana Robin y yo estábamos jugando al cerealbol en la sala del apartamento. El cerealbol es un buen truco para cuando uno tiene hambre y no habrá casi nada de comer hasta la mañana siguiente. Lo inventamos cuando nuestros estómagos se quejaban mutuamente. *Guau, me encantaría comer una porción de pizza de pepperoni*, gruñía mi estómago. Y luego el de ella rugía: *Sí, o una galleta Ritz con manteca de maní.*

A Robin le encantan las Ritz.

Es fácil jugar al cerealbol. Solo se necesitan algunos cereales Cheerios o incluso un trocito de pan deshecho. Unos

M&M también vienen bien, si tu mamá no anda por ahí para prohibirte el azúcar. Pero, a menos que sea justo después de Noche de Brujas, es probable que no quede ninguno.

En mi casa, esos tipos desaparecen con gran rapidez.

Primero se elige un blanco. Puede ser una taza o un bol. No utilicen un cesto de basura pues podría contener gérmenes. A veces, uso la gorra de béisbol de Robin, aunque es probable que eso también sea bastante repugnante.

Para tener cinco años, esa chica transpira demasiado.

Lo que tienen que hacer es arrojar el trocito de cereal y tratar de embocarlo en el blanco. La regla es que uno no puede comérselo hasta que haya encestado. Asegúrense de que el blanco esté lejos, o la comida se terminará demasiado rápido.

El truco está en que te toma tanto tiempo embocar que te olvidas de que tienes hambre. Al menos por un tiempo.

A mí me gusta usar Cheerios y a Robin, Zucaritas. Pero no se puede ser quisquilloso cuando el armario está vacío. Mi mamá a veces dice eso.

Si se quedan sin cereal y su estómago continúa rugiendo, pueden intentar distraerse con un trozo de goma de mascar. Si quieren usarlo otra vez, es una buena idea guardarlo detrás de la oreja. Aun cuando se le haya ido el sabor, es un buen ejercicio para los dientes.

Crenshaw apareció —al menos esa fue la *sensación* que tuve— mientras estábamos entretenidos arrojando el cereal de salvado de mi papá en la gorra de Robin. Era mi turno y mi lanzamiento dio directamente en el blanco. Cuando fui a tomar el trozo de cereal, encontré, en su lugar, cuatro gomitas color violeta.

Me encantan las gomitas color violeta, parecen uvas.

Las observé durante un tiempo prolongado:

–¿Y esto? ¿De dónde salieron estas gomitas? –pregunté finalmente.

Cuando Robin tomó la gorra, comencé a jalar de ella, pero luego cambié de idea. Robin será pequeña, pero es mejor no meterse con ella.

Muerde.

–¡Es magia! –exclamó mientras empezaba a dividir las gomitas–: Una para ti, una para mí, otra para mí...

–En serio, Robin. Hablo en serio. ¿De dónde?

Robin engulló dos gomitas.

–Aja de moleshtarbe –dijo, que supuse que significaba "deja de molestarme" con la boca llena de golosinas.

Aretha, nuestra perra labradora mestiza, se acercó deprisa para ver qué sucedía.

–Nada de dulces –dijo Robin–. Usted es una perra, jovencita, así que tiene su propia comida.

Pero Aretha no parecía interesada en los dulces. Las orejas apuntando hacia la puerta de calle, olfateaba el aire como si se aproximara algún invitado.

–Mamá –grité–. ¿Tú compraste gomitas?

–Por supuesto –respondió desde la cocina–. Son para acompañar el caviar.

–Hablo en serio –señalé mientras tomaba las dos que me correspondían.

—Jackson, cómete el cereal de papá. Harás caca durante una semana —agregó.

Un segundo después, apareció en la puerta, con un paño de cocina en las manos.

—Chicos, ¿todavía tienen hambre? —suspiró—. Tengo unos restos de fideos con queso de la cena. Y quedó media manzana que podrían compartir.

—Yo estoy bien —respondí rápido. Antes, cuando en casa siempre había comida, me quejaba si se acababa mi comida preferida. Pero últimamente, se nos estaba acabando casi todo y tenía la impresión de que mis padres se sentían muy mal por eso.

—Mira, mamá, tenemos gomitas —dijo Robin.

—Bueno, muy bien, por lo menos están comiendo algo nutritivo —señaló—. Mañana me pagan en Rite-Aid. De modo que, cuando termine mi turno en la farmacia, pasaré por la tienda y compraré algo de comida.

Hizo un leve asentimiento con la cabeza, como si anotara algo en una lista mental, y regresó a la cocina.

—¿No vas a comer tus gomitas? —me preguntó Robin mientras retorcía con el dedo su cola de caballo rubia—. Porque si quieres que te haga un gran favor, supongo que podría comerlas por ti.

—Voy a comerlas —afirmé—. Pero no... todavía.

—¿Por qué no? Son violetas, tus preferidas.

—Primero tengo que reflexionar sobre ellas.

—Eres un hermano extraño —dijo Robin—. Me voy a mi habitación. Aretha quiere jugar a los disfraces.

—Lo dudo mucho —comenté. Luego sostuve una gomita delante de la luz. Parecía perfectamente inofensiva.

—Le gustan especialmente los sombreros y los calcetines —agregó Robin mientras se retiraba con la perra—. ¿No es cierto, bebita?

Aretha movió el rabo. Siempre se mostraba dispuesta para todo. Pero al marcharse con Robin, echó una mirada hacia atrás, hacia la ventana del frente, y lanzó un gemido.

Me dirigí hasta la ventana y miré hacia afuera. Revisé detrás del sofá y abrí abruptamente la puerta del armario.

Nada. Nadie.

Ni gatos surfistas ni Crenshaw.

No le había contado a nadie acerca de lo que había visto en la playa. Robin creería que le estaba mintiendo. Mamá y papá actuarían de una de estas dos maneras: se preocuparían muchísimo y pensarían que me estaba volviendo loco, o les parecería adorable que fingiera seguir viendo a mi viejo amigo invisible.

Olfateé las gomitas. No olían demasiado a uva, lo cual era bueno. Tenían apariencia verdadera y olor verdadero. Y mi hermanita verdadera acababa de comer algunas.

Esta es la regla número uno de los científicos: siempre existe una explicación lógica. Solo tenía que descubrir cuál era.

Tal vez las gomitas no eran reales y yo simplemente estaba cansado o enfermo. O delirando.

Me toqué la frente. Lamentablemente, no parecía tener fiebre.

Tal vez me había pescado una insolación en la playa. No

estaba muy seguro de lo que era una insolación, pero sonaba como algo que podía hacerte ver gatos voladores y dulces mágicos.

Tal vez estaba durmiendo, atrapado en medio de un sueño largo, extraño y totalmente irritante.

Aun así, las gomitas que tenía en la mano ¿no tenían un aspecto extremadamente real?

También era posible que solo estuviera muy hambriento. El hambre puede hacerte sentir bastante raro. E incluso bastante loco.

Comí la primera gomita lenta y cuidadosamente. Si dan bocados diminutos, la comida dura más.

Brotó una voz dentro de mi cabeza: "Nunca aceptes golosinas de extraños". Pero Robin había sobrevivido. Y si se trataba de un extraño, era un extraño invisible.

Tenía que existir una explicación lógica, pero por el momento, lo único que sabía con seguridad era que las gomitas violetas sabían mucho mejor que el cereal de salvado.

Capítulo 5

La primera vez que vi a Crenshaw fue hace unos tres años, justo después de terminar el primer curso.

Era de tarde y, con mi familia, nos habíamos detenido en un área de descanso junto a una autopista. Yo estaba tumbado en el césped, cerca de una mesa de picnic, observando las estrellas que comenzaban a titilar.

Oí un ruido, como el sonido que producen las ruedas de una patineta sobre la gravilla. Me apoyé en los codos para levantarme. Sin lugar a dudas, había alguien deslizándose en una patineta a través del estacionamiento.

De inmediato, me di cuenta de que se trataba de un sujeto poco común.

Era un gatito negro y blanco. Grande, más alto que yo. Sus ojos tenían el color del césped brillante de la mañana. Llevaba una gorra de béisbol negra y naranja, de los Giants de San Francisco.

Bajó de un salto de la patineta y se dirigió hacia mí. Andaba en dos patas, igual que un ser humano.

–Miau –dijo.

–Miau –le respondí, por una cuestión de cortesía.

Se inclinó hacia mí y me olfateó el pelo.

–¿Tienes una gomita violeta?

Me puse de pie de un salto. Era su día de suerte: justo tenía dos gomitas violetas en el bolsillo del jean.

Estaban un poquito aplastadas pero igual nos comimos una cada uno.

Le conté que me llamaba Jackson.

–Sí, claro –respondió.

Le pregunté cómo se llamaba él.

Me preguntó cómo quería que se llamara.

Era una pregunta sorprendente, pero yo ya me había percatado de que se trataba de un tipo sorprendente.

Pensé un rato. Era una elección muy importante. Los nombres son muy importantes para la gente.

Finalmente, dije:

–Creo que Crenshaw sería un buen nombre para un gato.

No sonrió porque los gatos no sonríen.

Pero me di cuenta de que estaba complacido.

–No se hable más: me llamaré Crenshaw.

Capítulo

No sé de dónde saqué ese nombre.

En mi familia, nadie ha conocido a un Crenshaw.

No hay ningún Crenshaw entre nuestros parientes, amigos y maestros.

Nunca había estado en Crenshaw, Misisipi, ni en Crenshaw Boulevard en Los Ángeles, ni tampoco en Crenshaw Pensilvania.

Nunca había leído un libro sobre un Crenshaw ni visto un programa de TV que tuviera uno.

Sin embargo, por algún motivo, ese nombre me pareció apropiado.

En mi familia, todos llevamos el nombre de otra persona o de otra cosa. A mi papá le pusieron el nombre de su abuelo. A mi mamá, el de su tía. A mi hermana y a mí ni siquiera nos pusieron nombres de personas sino de guitarras.

Yo me llamo como la guitarra de papá, que fue diseñada

por un fabricante llamado Jackson. Mi hermana lleva el nombre de la compañía que hizo la guitarra de mamá.

Mis padres solían ser músicos. *Músicos muertos de hambre*, como dice mi mamá. Después de que yo nací, dejaron de ser músicos y se convirtieron en personas normales.

Cuando se les acabaron los instrumentos, le pusieron a nuestra perra el nombre de una famosa cantante llamada Aretha Franklin. Eso fue después de que Robin quisiera ponerle Ombligo y yo quisiera llamarla Perra.

Al menos nuestros segundos nombres provienen de personas y no de instrumentos. Orson y Marybelle fueron el tío de mi padre y la bisabuela de mi madre, respectivamente. Los dos están muertos, de modo que no sé si son nombres buenos o no. Papá dice que su tío era un *malhumorado encantador*, que creo que es una manera más bonita de decir *gruñón*.

Sinceramente, otro segundo nombre hubiera sido mejor. Uno flamante, que no tuviera uso.

Quizá es por eso que me gustó el nombre Crenshaw. Me pareció que era como un papel en blanco, antes de que nadie haya dibujado en él.

Un tipo de nombre que parecía decir que todo era posible.

Capítulo

No recuerdo exactamente qué me pareció Crenshaw el día en que nos conocimos. Fue hace mucho tiempo.

Hay muchísimas cosas que sucedieron cuando era pequeño que no recuerdo.

No me acuerdo de haber nacido, ni de aprender a caminar ni de usar pañales. De todas maneras, ¿quién quiere acordarse de eso?

La memoria es rara. Recuerdo cuando me perdí en un supermercado a los cuatro años. Pero no recuerdo cuando me encontraron mi papá y mi mamá, que lloraban y gritaban al mismo tiempo. Solo conozco esa parte porque ellos me la contaron.

Recuerdo cuando mi hermanita llegó a casa por primera vez. Pero no recuerdo haber tratado de meterla en una caja para que pudiéramos enviarla por correo de regreso al hospital.

A mis padres les encanta contarle esa historia a la gente.

Ni siquiera estoy seguro de por qué Crenshaw era un gato y no un perro, o un cocodrilo o un Tiranosaurio Rex con tres cabezas.

Cuando intento recordar toda mi vida, siento como si estuviera armando un Lego –como un mini-robot o un camión con ruedas enormes– y me faltaran algunas piezas importantes. Uno hace un gran esfuerzo para armarlo, pero sabe que no queda igual a la imagen de la caja.

Se supone que yo debería haber pensado: *Guau, me está hablando un gato*, y eso no es algo que suceda normalmente en un área de descanso junto a una autopista.

Pero lo único que recuerdo es haber pensado que era genial tener un amigo a quien le gustaran las gomitas violetas tanto como a mí.

Capítulo 8

Un par de horas después de la misteriosa aparición de las gomitas, mientras Robin y yo jugábamos al cerealbol, mamá nos dio una bolsa de supermercado a cada uno. Dijo que eran para guardar aquello que queríamos conservar como recuerdo. Muchas de nuestras pertenencias se iban a vender el domingo en una venta de garaje, a excepción de algunas cosas importantes como zapatos, colchones y algunos platos. Mis padres esperaban reunir dinero suficiente como para pagar el alquiler atrasado y quizá también la factura del agua.

Robin preguntó qué era un recuerdo. Mamá dijo que era un objeto que tiene valor para ti. Después dijo que las cosas no son realmente importantes mientras nos tuviéramos los unos a los otros.

Yo le pregunté cuáles eran sus recuerdos y los de papá. Respondió que, probablemente, las guitarras ocuparían el primer lugar de la lista y tal vez libros, porque siempre eran importantes.

Robin dijo que seguramente se quedaría con su libro de Lyle.

El libro preferido de mi hermanita es *La casa de la calle 88 Este*. Cuenta la historia de un cocodrilo llamado Lyle, que vive con una familia. A Lyle le gusta retozar en la tina y pasear al perro.

Robin se sabe de memoria cada palabra de ese libro.

Más tarde, a la hora de ir a dormir, papá le leyó a Robin el libro de Lyle. Me quedé en la puerta de su habitación y lo escuché mientras leía. Papá, mamá, Robin y Aretha estaban todos apretados en el colchón de mi hermanita. El colchón se encontraba en el suelo, pues las partes de madera se iban a vender.

—Ven con nosotros, Jackson —dijo mamá—. Hay mucho espacio.

Mi papá es alto, mi mamá también y el colchón de Robin es diminuto. No había nada de espacio.

—Estoy bien —comenté.

Al mirar a mi familia, todos juntos en el colchón, me sentí como un pariente lejano. Soy parte de la familia, pero no encajo tan bien como ellos. En parte es porque ellos se parecen mucho: rubios, de ojos grises y alegres. Mis ojos y mi pelo son más oscuros, y a veces también mi estado de ánimo.

Al quedar vacío, el dormitorio de Robin estaba irreconocible, salvo por su lámpara rosa y las marcas en la pared que mostraban cuánto había crecido. Y la mancha roja en la alfombra de cuando había derramado jugo de arándanos. Estaba practicando con su bate de béisbol infantil y se dejó llevar por el entusiasmo.

–*Splish, splash, splosh, puf*... –leyó papá.

–Papi, no es *puf* –dijo Robin.

–¿Plop? ¿Plip? ¿Plup?

–Deja de hacerte el tonto –exclamó golpeándole el pecho con el dedo–. ¡Es splash! ¡Te digo que es splash!

Comenté que no creía que a un cocodrilo le agradara darse un baño. Acababa de leer un libro entero sobre reptiles.

Papá me dijo que le siguiera la corriente.

–¿Sabían que se puede mantener cerrada la mandíbula de un cocodrilo con una banda elástica? –pregunté.

Mi padre sonrió.

–No querría haber sido la primera persona que probó esa teoría.

Robin le preguntó a mamá si yo tenía un libro preferido cuando era pequeño. No me lo preguntó a mí porque estaba enojada por mi comentario de la tina.

–A Jackson le gustaba mucho *Un hoyo es para cavar*[1] –dijo mamá–. ¿Recuerdas ese libro, Jackson? Te lo habremos leído un millón de veces.

–Eso es más un diccionario que una historia inventada –señalé.

–*Un hermano es para ayudarte* –citó mamá, que era una frase del libro.

....

1.N. del E.: Título original en inglés *A Hole is To Dig: A First Book of First Definitions*, de Ruth Krauss.

—Un hermano es para molestarte —corrigió Robin, que no era una frase del libro.

—Una hermana es para volverte gradualmente loco —le retruqué.

El sol comenzaba a ponerse. El cielo tenía los colores de un tigre con rayas de nubes negras.

—Tengo que preparar mis cosas para la venta —recordé.

—Ey, no te vayas, amigo —dijo papá—. Leeré tu libro, suponiendo que lo encontremos.

—Ya estoy demasiado grande para ese libro —respondí, aunque era lo primero que había guardado en mi bolsa de recuerdos.

—Lyle otra vez —exclamó Robin—. Porfaporfaporfaporfa.

—Papá —pregunté—. ¿Tú compraste gomitas violetas?

—Nop.

—¿Entonces de dónde salieron? Estaban en la gorra de béisbol de Robin. No es lógico.

—Robin fue ayer a la fiesta de cumpleaños de Kylie —explicó mi mamá—. ¿Te las dieron ahí, bomboncito?

—Nop —respondió Robin—. Kylie odia las gomitas. Y, de todas maneras, te dije que eran mágicas, Jackson.

—No existe la magia —afirmé.

—La música es magia —comentó mi mamá.

—El amor es magia —agregó papá.

—Conejos dentro de una galera es magia —prosiguió Robin.

—Yo colocaría a las dónuts Krispy Kreme dentro de la categoría de mágicas —dijo mi papá.

—¿Y el olor de un bebé recién nacido? —preguntó mamá.

—¡Los gatitos son mágicos! —chilló Robin.

—Ya lo creo —concordó papá rascándole la oreja a Aretha—. Y no se olviden de los perros.

Cuando cerré la puerta, continuaban agregando ejemplos.

Capítulo 9

Amo a mi mamá y a mi papá y, en general, a mi hermana. Pero, últimamente, habían comenzado a sacarme de quicio.

Robin era pequeña, por lo tanto era normal que fuera molesta. Decía cosas como "Jacks, ¿qué pasa si un perro y un pájaro se casan?". O cantaba "Las ruedas del autobús" tres mil veces seguidas. O me usaba la patineta de ambulancia para las muñecas. Cosas típicas de hermanita menor.

Mis padres eran más complicados. Es difícil de explicar, especialmente porque sé que esto suena como algo bueno, pero siempre veían el lado positivo de todo. Aun cuando las cosas andaban mal —y habían andado muy mal—, hacían bromas. Actuaban de manera tonta, como si todo estuviera bien.

A veces, lo único que quería era que me trataran como a un adulto. Quería saber la verdad, aunque no fuera una verdad alegre. Yo entendía las cosas. Sabía mucho más de lo que ellos pensaban.

Pero mis padres eran optimistas. Ante un vaso de agua por la mitad, siempre lo veían medio lleno y no medio vacío.

Yo no. Los científicos no pueden darse el lujo de ser optimistas o pesimistas. Observan el mundo y ven cómo es. Ven un vaso de agua y dicen que hay 110 ml o lo que sea y ahí termina la discusión.

Veamos el caso de mi papá. Cuando yo era más chico, se enfermó en serio. Descubrió que tiene una enfermedad llamada esclerosis múltiple. En general, tiene días buenos, pero a veces tiene días malos, en los que le cuesta caminar y tiene que usar bastón.

Cuando se enteró de que tenía EM, se comportó como si no fuera gran cosa, aun cuando tuvo que dejar su trabajo, que era construir casas. Dijo que estaba cansado de escuchar martillazos todo el día y que quería usar zapatos elegantes y no enlodados. Luego escribió una canción llamada "Blues de los zapatos enlodados". Declaró que podría trabajar en casa y pegó un cartel en la puerta del baño que decía OFICINA DEL SR. THOMAS WADE. Mi mamá puso un cartel junto al de él que decía PREFERIRÍA ESTAR PESCANDO.

Y eso fue todo.

A veces quiero preguntarles a mis padres si papá se pondrá bien y por qué en casa no hay siempre comida suficiente o por qué han estado discutiendo tanto.

También, por qué no pude haber sido hijo único.

Pero no pregunto. Ya no.

El otoño pasado, estábamos en una cena del vecindario —de esas en que cada familia lleva comida para compartir—, cuando Aretha se comió el pañal descartable de un bebé. Tuvo que quedarse dos noches en la veterinaria hasta que lo largó.

—Caca adentro, caca afuera —dijo mi padre cuando la fuimos a buscar—. El ciclo de la vida.

—El ciclo de la vida es costoso —comentó mi mamá mirando la factura—. Me parece que este mes nos atrasaremos otra vez en el pago del alquiler.

Cuando llegamos al auto, les pregunté súbitamente si teníamos suficiente dinero para hacer compras. Papá me dijo que no me preocupara, que simplemente teníamos unas pequeñas dificultades económicas. Dijo que, a veces, es difícil tener todo planeado, a menos que tengas una bola de cristal y puedas ver el futuro. Y que si yo conocía a alguien que tuviera una, a él le encantaría pedírsela prestada.

Mamá mencionó algo acerca de ganar la lotería y mi papá dijo que, si la ganaban, él querría comprarse una Ferrari, y ella dijo qué tal un Jaguar y después me di cuenta de que querían cambiar de tema.

Después de eso, no hice más preguntas duras.

De alguna manera, comprendí que mis padres no querían darme respuestas duras.

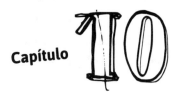

Capítulo 10

Después de prepararme para ir a dormir, me recosté en el colchón y me puse a reflexionar.

Pensé en lo que había puesto en mi bolsa de recuerdos. Unas fotos, un trofeo de un concurso de ortografía, varios libros sobre la naturaleza, mi oso de peluche, una estatua de arcilla de Crenshaw, que había hecho en segundo curso y mi ejemplar gastado de *Un hoyo es para cavar*.

Pensé en Crenshaw y la tabla de surf.

Pensé en las gomitas violetas.

Pero, sobre todo, pensé en las señales que había estado percibiendo.

Soy muy observador, lo cual es algo muy útil para un científico. Esto es lo que había estado observando:

Grandes pilas de facturas.

Padres susurrando.

Padres discutiendo.

Cosas que se vendían, como la laptop y la tetera de plata que mi abuela le dio a mi mamá.

Quedarnos sin electricidad durante dos días porque no habíamos pagado la factura.

No mucha comida, excepto manteca de maní, macarrones con queso y fideos instantáneos Cup Noodles.

Mi mamá buscando monedas de veinticinco centavos debajo de los almohadones del sofá.

Mi papá buscando monedas de diez centavos debajo de los almohadones del sofá.

Mi mamá tomando prestados rollos de papel higiénico del trabajo.

El casero hablando con mis padres, diciendo: "Lo siento" y sacudiendo mucho la cabeza.

No tenía sentido. Mamá tenía tres trabajos de medio tiempo y papá tenía dos. Uno pensaría que eso sumaría en total dos trabajos completos, pero no parecía ser así.

Mamá daba clases de música en una escuela secundaria hasta que se quedó sin trabajo porque redujeron el personal. Ahora trabajaba de camarera en dos restaurantes y como cajera en una cadena de farmacias. Quería conseguir otro trabajo enseñando música, pero hasta el momento no había surgido nada.

Después de que mi papá tuvo que abandonar el trabajo de constructor, inició un negocio de mantenimiento. Hacía pequeños arreglos, pero muchas veces no se sentía bien y tenía que cancelar los compromisos. También daba clases de guitarra y esperaba poder asistir medio día a una

Universidad Comunitaria para aprender programación de computadoras.

Supuse que a mis padres se les habría ocurrido alguna idea para lograr que todo estuviera bien, porque a los padres siempre se les ocurren ideas. Pero cuando les pregunté cuál era, dijeron cosas como que tal vez podrían plantar un árbol de dinero en el jardín trasero, o volver a armar la banda de rock y ganar un Grammy.

Yo no quería abandonar el apartamento, pero lo veía venir aunque nadie dijera nada. Sabía cómo funcionaban las cosas. Ya había pasado por esto.

Era muy malo porque a mí me gustaba mucho el sitio donde vivíamos, aun cuando solo hubiéramos estado aquí un par de años. Nuestro barrio se llamaba "Lago de los Cisnes". Aunque no había ningún cisne de verdad, todos los buzones tenían cisnes y la piscina pública tenía un cisne pintado en el fondo.

El agua de la piscina siempre estaba caliente. Mi mamá decía que era por el sol, pero yo sospechaba que era por hacer pis ilegalmente.

Todas las calles del barrio tenían dos nombres. La nuestra era Luna Silenciosa. Pero había otras como Paloma Dormida, Bosque Llorón y Valle Soleado. La escuela primaria a la que iba se llamaba Lago de los Cisnes y estaba a solo dos manzanas de mi casa. No tenía cisnes por ningún lado.

No era un lugar especialmente elegante, sino un típico barrio común, pero era muy familiar. Era el tipo de sitio donde podías oler salchichas y hamburguesas asadas todos los fines de semana. Donde los chicos andaban en patineta por la acera y vendían una limonada horrible por veinticinco centavos el vaso. Era un lugar donde tenías amigos con los que podías contar, como Marisol.

Nadie habría imaginado que se trataba de un lugar donde la gente estaba preocupada, triste o hambrienta.

A la bibliotecaria de la escuela le agrada decir que no puedes juzgar un libro por la tapa, que las apariencias engañan. Tal vez pase lo mismo con los barrios y no debas juzgar un lugar por sus cisnes.

Capítulo 11

Finalmente, logré dormirme. Pero, alrededor de las once, me desperté. Me levanté para ir al baño y, mientras caminaba por el pasillo, me di cuenta de que mis padres todavía estaban despiertos. Podía escucharlos hablar en la sala.

Estaban pensando en lugares adónde ir si no podíamos pagar el alquiler.

Si no me convierto en un científico de animales, seré un gran espía.

Mamá sugirió ir a lo de Gladys y Joe, los padres de papá, a su apartamento en Nueva Jersey. Papá dijo que solo tienen una habitación extra. Y luego agregó:

—Además, no podría vivir bajo el mismo techo que mi padre: es el hombre más testarudo del planeta.

—El segundo más testarudo —comentó mamá—. Podríamos intentar pedir dinero prestado a nuestras familias.

Papá se frotó los ojos.

–¿Acaso tenemos algún pariente rico que no conozca?

–Te entiendo –dijo mamá y luego mencionó a un primo de mi papá que tiene un rancho en Idaho, a la mamá de ella, que tiene un condominio en Sarasota y a Cal, un viejo amigo de mi padre que vive en un tráiler en Maine.

Papá preguntó quién de todos ellos daría alojamiento a dos adultos, dos niños y una perra que come muebles. Además, declaró, él no quería aceptar limosna de nadie.

–¿Te das cuenta realmente de que no podemos vivir otra vez en la camioneta? –señaló mamá.

–Sí, no podemos.

–Aretha es mucho más grande, ocuparía todo el asiento del medio.

–Además, se tira muchos pedos –suspiró papá–. ¿Quién sabe? Tal vez en la venta del domingo alguien pueda darnos un millón de dólares por la vieja silla alta de Robin.

–Tienes razón –ironizó mamá–. Además, viene con Cheerios pegados en el asiento.

Se quedaron en silencio.

–Deberíamos vender el televisor –propuso mamá después de un rato–. Sé que es muy viejo, pero aun así.

Papá sacudió la cabeza.

–No somos salvajes –y oprimió el control remoto y en la TV apareció una película en blanco y negro.

Mi madre se puso de pie.

–Estoy tan cansada –dijo y miró a mi padre con los brazos cruzados sobre el pecho–. Mira –comenzó–, no tiene nada de malo pedir ayuda, Tom. Absolutamente nada de malo.

Su voz era grave y lenta. Una voz que anunciaba una pelea. El pecho se me puso tenso. El aire se enrareció.

—Tiene todo de malo pedir ayuda —disparó mi papá—. Significa que fracasamos —su voz también había cambiado: era dura y estridente.

—No hemos *fracasado*. Estamos haciendo todo lo que podemos —mamá lanzó un gruñido de frustración—. Tom, la vida es lo que te sucede mientras estás ocupado haciendo otros planes.

—¿En serio? —papá estaba gritando—. De modo que ahora estamos recurriendo a la sabiduría de las galletas de la fortuna. Como si eso fuera a darles de comer a nuestros hijos.

—Bueno, negarse a pedir ayuda tampoco lo hará.

—Además, sí pedimos ayuda. Fuimos a ese centro de distribución de alimentos muchas más veces de las que me gustaría admitir. Pero, al final, este es un problema que yo... que *nosotros* debemos resolver —vociferó.

—No eres responsable de haberte enfermado, Tom. Y tampoco eres responsable de que en mi trabajo hayan hecho un ajuste de personal —mamá agitó las manos en el aire—. Ah, ¿de qué sirve discutir? Me voy a dormir.

Me deslicé furtivamente en el baño mientras mamá se marchaba enojada por el pasillo. Cerró la puerta de su habitación con tanta fuerza que toda la casa pareció temblar.

Esperé unos minutos para estar seguro de que no hubiera moros en la costa. Cuando regresé a mi dormitorio, papá continuaba en el sofá, con los ojos clavados en las sombras grises que se movían en la pantalla.

Después de eso, no dormí mucho. Di vueltas en la cama y, finalmente, me levanté para buscar agua. Todos estaban dormidos. La puerta del baño estaba cerrada pero la luz se filtraba por las hendijas.

Oí un tarareo.

Luego un chapoteo.

–¿Mamá? –pregunté débilmente–. ¿Papá?

Nadie respondió.

–¿Robin?

Nadie respondió. Más tarareo.

Sonaba como esa antigua canción "¿Cuánto cuesta el perrito en la vitrina?", pero no podía estar seguro.

Pensé si no podría haber sido el asesino del hacha. Pero darse un baño no parecía algo propio de un asesino.

Observé el cartel que mi padre había pegado en la puerta después de perder el trabajo: OFICINA DEL SR. THOMAS WADE.

Observé el cartel que mi madre había pegado justo al lado: PREFERIRÍA ESTAR PESCANDO.

No quería abrir la puerta.

La abrí unos centímetros.

Más chapoteo. Una burbuja espumosa pasó flotando.

Abrí la puerta por completo.

Crenshaw se estaba dando un baño de espuma.

Capítulo 13

Lo miré y me miró.

Entré volando al baño, cerré la puerta y eché el cerrojo.

–Miau –exclamó. Sonó como una pregunta.

No dije *miau*. No dije nada.

Cerré los ojos y conté hasta diez.

Seguía ahí cuando los abrí.

De cerca, Crenshaw parecía todavía más grande. La panza blanca asomaba entre la espuma como una isla nevada. La cola enorme cubría el costado de la tina.

–¿Tienes gomitas violetas? –preguntó. Tenía bigotes gruesos, que se proyectaban fuera de su cara como espaguetis secos.

–No –respondí más para mí que para él.

Aretha rasguñó la puerta.

–Ahora no, nena –dije.

La perra gimió.

Crenshaw arrugó la nariz.

—Huelo a perro.

Sostenía uno de los patitos de goma de Robin. Miró el muñeco con atención y luego se frotó la frente con él. Los gatos tienen glándulas odoríferas junto a las orejas y, cuando frotan algo, es como si escribieran en grandes letras ESTO ES MÍO.

—Eres imaginario —exclamé con mi voz más firme—. Tú no eres real.

Crenshaw se hizo una barba con espuma.

—Yo te inventé cuando tenía siete años —declaré—, y eso significa que ahora puedo desinventarte.

Crenshaw no parecía estar prestando atención.

—Si no tienes gomitas violetas —dijo—, me arreglo con rojas si no hay otra cosa.

Miré el espejo. Mi cara estaba pálida y sudorosa. Todavía podía ver la imagen reflejada de Crenshaw. Le estaba haciendo una barbita de espuma al pato de goma.

—Tú no existes —le dije al gato del espejo.

—Lamento discrepar —repuso Crenshaw.

Aretha rasguñó la puerta otra vez.

—De acuerdo —masculló. Abrí la puerta con suavidad unos centímetros para asegurarme de que no hubiera nadie escuchando en el pasillo.

Escuchándome hablar con un gato imaginario.

Aretha atravesó la puerta a los empujones, como si hubiera un bife gigante y jugoso esperándola en la tina. Trabé la puerta otra vez.

Una vez adentro, permaneció completamente inmóvil sobre la alfombra del baño, salvo la cola, que se agitaba como una bandera en un día ventoso.

—Me desconcierta en extremo la necesidad de tu familia de tener un perro —comentó Crenshaw mientras observaba a Aretha con desconfianza. ¿Por qué no un gato? ¿Un animal con algo de garbo? ¿De donaire? ¿De dignidad?

—Mi papá y mi mamá son alérgicos a los gatos —respondí.

Estoy hablando con mi amigo imaginario.

Lo inventé cuando tenía siete años.

Está aquí en la tina.

Tiene una barba de espuma.

Aretha inclinó la cabeza. Las orejas estaban alertas. Cuando olfateó el aire, el hocico húmedo tembló.

—Retírate, bestia repugnante —dijo Crenshaw.

Aretha apoyó sus grandes patas en el borde de la tina y le dio a Crenshaw un beso sincero y baboso.

El gato emitió un bufido largo y lento. Sonó más parecido a una llanta de bicicleta perdiendo aire que a un gato enojado.

Aretha intentó darle otro beso. Crenshaw le arrojó con rapidez un puñado de burbujas.

La perra las atrapó con la boca y se las comió.

—Nunca he entendido para qué existen los perros —dijo Crenshaw.

—No eres real —repetí otra vez.

—Siempre fuiste un chico terco.

Crenshaw quitó el tapón de la tina y se levantó. La espuma

se agitó y el agua comenzó a girar. Empapado y chorreando agua, parecía tener la mitad de su tamaño. Con el pelaje caído, pude distinguir los delicados huesos de las patas. El agua descendía velozmente por ellos como la inundación alrededor de los árboles.

Su postura era excelente.

No recordaba que Crenshaw fuera tan alto. Yo había crecido muchísimo desde los siete años, pero ¿él también? ¿Acaso los amigos imaginarios realmente crecían?

—Una toalla, por favor —dijo Crenshaw.

Con dedos temblorosos, le alcancé la toalla de Hello Kitty de Robin, de color rosa desteñido.

Los pensamientos asaltaron mi mente como los rayos de verano.

Puedo ver a mi amigo imaginario.

Puedo oírlo.

Puedo hablarle.

Está usando una toalla.

Mientras Crenshaw salía de la tina, buscó mi mano. Su pata era tibia, suave y húmeda, grande como la de un león, con dedos del tamaño de zanahorias bebé.

Puedo tocarlo.

Parece real.

Huele a gato mojado.

Tiene dedos.

Los gatos no tienen dedos.

Crenshaw intentó secarse. Cada vez que notaba un mechón de pelo fuera de lugar, se detenía a lamerlo. La lengua estaba cubierta de pequeños abrojos, como si fuera Velcro rosado.

—Eso que tienes en la lengua se llaman papilas —comenté, y después me di cuenta de que probablemente este no era el mejor momento para compartir datos curiosos sobre la naturaleza.

Crenshaw se echó un vistazo en el espejo.

—Dios santo, qué espanto.

Aretha le chupó la cola para ayudar.

—Apártate de mí, sabueso —dijo Crenshaw, y arrojó la toalla a un lado, que aterrizó arriba de Aretha—. Necesito algo más que una toalla: el viejo y querido sacudón.

Entonces respiró profundamente y su cuerpo se onduló. Las gotas de agua volaron como si fueran fuegos artificiales de cristal. Cuando terminó, los pelos le habían quedado todos en punta.

Moviendo la cola enloquecidamente, Aretha arrojó la toalla.

—Mira esa cola ridícula —exclamó Crenshaw—. Los humanos se ríen con la boca, los perros con la cola. De cualquiera de las dos maneras, resulta una alegría inútil.

Alejé la toalla de Aretha y ella la atrapó entre los dientes para jugar.

—¿Y qué pasa con los gatos? —pregunté—. ¿Ustedes no se ríen?

Estoy hablando con un gato.

Un gato está hablando conmigo.

—Hacemos muecas burlonas —explicó Crenshaw—. Sonreímos con desdén. Rara vez. Nos divertimos calladamente —se lamió la pata y se alisó unos pelos puntiagudos cerca de la oreja—. Pero no nos reímos.

—Necesito sentarme —dije.

—¿Dónde están tus padres? ¿Y Robin? Hace siglos que no los veo.

—Están durmiendo.

—Debería despertarlos.

—¡No! —fue casi un alarido—. Mejor vayamos a mi habitación. Tenemos que hablar.

—Me treparé a sus camas y caminaré sobre sus cabezas. Será entretenido.

—No —señalé—. No caminarás sobre la cabeza de nadie.

Crenshaw tomó el picaporte de la puerta. Su pata se resbaló al intentar girarlo.

—¿No te importa? —preguntó.

Agarré el picaporte.

—Escúchame —comencé—. Necesito saber algo. ¿Todos pueden verte? ¿O solo yo?

Crenshaw se mordió una uña. Era rosa y pálida, filosa como cuando la luna comienza a crecer.

—No te lo puedo decir con seguridad, Jackson. Estoy un poco fuera de práctica.

—¿Fuera de práctica haciendo qué?

—Siendo tu amigo —cambió de uña—. En teoría, solamente tú puedes verme. Pero cuando un amigo imaginario queda abandonado a su suerte, solo y olvidado... ¿quién sabe? –su voz se fue apagando e hizo unos pucheros mucho mejores que los que podía llegar a hacer Robin–. Pasó mucho tiempo desde que me abandonaste. Tal vez las cosas cambiaron. Tal vez la trama del universo se desenredó un poquito.

–Bueno, ¿y si *realmente* los demás te pueden ver? No puedo dejar que vayas caminando por el pasillo hasta mi dormitorio. ¿Qué pasa si mi papá se levanta para ir a comer algo? ¿Y si Robin tiene que ir al baño?

–¿No tiene una caja con arena en su habitación?

–No. No tiene una caja con arena en su habitación –y apunté hacia el retrete.

–Ah, cierto. Estoy comenzando a recordar.

–Bueno, vamos a ir a mi dormitorio. No hagas ruido y si alguien aparece, no sé, quédate congelado. Finge ser un muñeco de peluche.

–¿De peluche? –sonó ofendido–. ¿Perdón?

–Solo haz lo que te digo.

El pasillo estaba oscuro con excepción de la luz del baño, que se derramaba sobre la alfombra como mantequilla derretida. Para ser un tipo tan grande, Crenshaw se deslizó silenciosamente. Es por eso que los gatos son unos cazadores increíbles.

Escuché un crujido débil a mis espaldas.

Robin salió de su habitación.

Estiré la cabeza para ver qué hacía Crenshaw.

Se quedó congelado en el lugar. Tenía la boca abierta y los dientes a la vista como uno de esos animales muertos y polvorientos que se exhiben en los museos de ciencias naturales.

–¿Jacks? –preguntó Robin con voz pastosa–. ¿Con quién estabas hablando?

–Eh... con Aretha. Hablaba con Aretha.

Odiaba mentir, pero no tenía otra opción.

Robin bostezó.

–¿La estabas bañando?

–Sí.

Miré de acá para allá, y de allá para acá.

Hermana.

Amigo imaginario.

Hermana.

Amigo imaginario.

Aretha se acercó corriendo a acariciar la mano de Robin con el hocico.

–No está mojada –dijo.

–Usé el secador de pelo.

–Ella odia el secador de pelo –Robin le dio un beso a Aretha arriba de la cabeza–. ¿No es cierto, bebita?

Robin no parecía ver a Crenshaw. Quizá porque el pasillo estaba muy oscuro o quizá porque era invisible.

O, quizá, porque nada de esto estaba ocurriendo realmente.

—Huele como siempre —observó Robin—. A perrita linda.

Le eché una mirada a Crenshaw, que puso los ojos en blanco.

—Ah, bueno —dijo Robin mientras bostezaba—. Vuelvo a la cama. Buenas noches, Jacks. Te quiero.

—Buenas noches, Robin —respondí—. Yo también te quiero.

Tan pronto como se cerró la puerta de su dormitorio, nos retiramos a mi habitación. Crenshaw saltó sobre mi colchón como si fuera suyo. Cuando Aretha intentó unirse a él, le gruñó. Pero no fue muy convincente.

—Necesito entender qué está sucediendo —me desplomé contra la pared—. ¿Acaso me estoy volviendo loco?

La cola de Crenshaw subió y bajó formando perezosas ondas en el aire.

—No, ciertamente no —se lamió una pata—. A propósito, y a riesgo de repetirme, ¿qué sucedió con esas gomitas violetas?

Como no le respondí, se acomodó en forma de ovillo, la cola enrollada alrededor del cuerpo, y cerró los ojos. Sus ronroneos eran como los ronquidos de papá, parecía una lancha con problemas en el motor.

Lo miré atentamente: un enorme gato mojado con pelaje parecido a un esmoquin.

Siempre hay una explicación lógica, me dije a mí mismo.

Y una parte de mí, la científica, deseaba realmente dilucidar lo que estaba sucediendo.

Sin embargo, una parte mucho más grande de mí tenía muy claro que yo necesitaba que esta alucinación —este sueño, esta *cosa*— desapareciera. Más adelante, cuando Crenshaw estuviera fuera de mi casa, por no decir de mi mente, podría pensar qué significaba todo esto.

Un golpe suave en la puerta me dijo que Robin había vuelto. Siempre golpea el comienzo de "Las ruedas del autobús": *Ta-ta-ra-ra-ta*.

—¿Jackson?

—Por favor, Robin, vete a dormir.

—No puedo dormir. Extraño mi cesto de basura.

—¿Tu cesto de basura?

—Papá se llevó mi cesto de basura para vender.

—Estoy muy seguro de que fue una equivocación, Robin —dije—. Nadie quiere comprar tu cesto de basura.

—Tenía conejitos azules.

—Lo sacaremos del garaje por la mañana.

Aretha intentó oler la cola de Crenshaw y él le bufó.

Me llevé los dedos a los labios para hacerlo callar, pero Robin no pareció escuchar nada.

—Buenas noches, Robin. Nos vemos por la mañana.

—¿Jackson?

Me froté los ojos y emití un quejido, como había visto a mis padres hacer más de una vez.

—¿Y ahora *qué*?

—¿Crees que algún día podré tener otra cama?

—Claro. Por supuesto. Quizá una con conejitos azules.

—¿Jackson?

—¿Sí?

—Me da miedo el dormitorio sin todas mis cosas. ¿Podrías venir a leerme el libro de Lyle?

Respiré lenta y prolongadamente.

—Claro. Ya voy.

Robin se sonó la nariz.

—Voy a esperar acá, junto a la puerta. ¿'Ta bien?

—Está bien —le lancé una mirada a Crenshaw—. Dame un segundo, Robin. Antes tengo algo que hacer.

Capítulo 16

Fui hasta la ventana y la abrí. Con mucho cuidado, empujé el mosquitero hacia afuera. El apartamento estaba en la planta baja. A poca distancia de la ventana, esperaba un cojín de césped.

—Adiós, Crenshaw —dije.

Abrió apenas un ojo, como alguien que espía desde detrás de una cortina.

—Pero estábamos pasando un rato tan placentero.

—Ahora —insistí y apoyé las manos en la cadera para mostrarle que hablaba en serio.

—Jackson, sé razonable. Hice un viaje muy largo.

—Tienes que regresar al lugar de donde viniste.

Abrió el otro ojo.

—Pero tú me necesitas aquí.

—No, yo no te necesito aquí. Ya tengo suficientes problemas que resolver.

Fingiendo un gran esfuerzo, Crenshaw se enderezó. Luego se estiró y aflojó la espalda en una posición de U invertida.

—Jackson, creo que no entiendes lo que está sucediendo acá —señaló—. Los amigos imaginarios no aparecemos por propia voluntad. Nos invitan. Y nos quedamos el tiempo que nos necesitan. Y es recién en ese momento que nos marchamos.

—Bueno, yo estoy seguro de que no te invité.

Crenshaw arqueó una ceja. Sus largas y frondosas cejas se movían como las cuerdas de una marioneta.

Me acerqué más a él.

—Si te niegas a irte, te obligaré a hacerlo.

Coloqué los brazos alrededor de su cintura y jalé. Era como abrazar a un león. Ese gato pesaba una tonelada.

Crenshaw hundió sus garras en la manta que hizo mi tía abuela Trudy cuando yo era un bebé. Me di por vencido y lo solté.

—Mira —dijo, extrayendo las garras de la manta—. No puedo irme hasta que te ayude. Yo no hago las reglas.

—¿Entonces quién las hace?

Se quedó mirándome con ojos como dos bolitas verdes y apoyó las dos patas delanteras sobre mis hombros. Olía a espuma jabonosa, a menta de gato y al mar por la noche.

—Tú, Jackson —afirmó—. *Tú* haces las reglas.

Una sirena gimió a lo lejos. Señalé el alféizar de la ventana.

—No necesito la ayuda de nadie y estoy muy seguro de que no necesito un amigo imaginario. Ya no soy un niño.

—Tonterías. ¿Esto es porque le bufé a esa perra olorosa?

–No.

–¿Al menos podríamos esperar hasta que sea de mañana? El aire está frío y acabo de darme un baño de espuma.

–No.

Ta-ta-ra-ra-ta.

–¿Jacks? Me siento muy sola en el pasillo.

–Ya voy, Robin –exclamé.

Por el rabillo del ojo, alcancé a ver una rana saltando sobre el alféizar de la ventana. Lanzó un chillido débil y nervioso.

–Tenemos una visitante –anuncié señalándola. Tal vez, si distraía a Crenshaw, él se movería–. ¿Sabías que algunas ranas pueden saltar tan lejos que equivaldría a que un ser humano saltara toda la longitud de una cancha de fútbol americano? Son unas saltadoras increíbles.

–Mmm. También son unas increíbles colaciones nocturnas –murmuró Crenshaw–. Pensándolo bien, no me molestaría un bocadito anfibio.

Noté que estaba totalmente en plan depredador. Sus ojos se transformaron en estanques oscuros. Contoneó el trasero y sacudió la cola.

–Nos vemos, Crenshaw –dije.

–Está bien, Jackson –susurró, los ojos clavados en la rana–. Tú ganas. Me marcho, me dedicaré un poco a cazar. Después de todo, soy una criatura de la noche. Mientras tanto, ponte a trabajar.

Crucé los brazos sobre el pecho.

–¿En qué, exactamente?

—En los hechos. Tienes que decir la verdad, amigo mío —la rana se agitó y Crenshaw se quedó congelado: puro músculo e instinto.

—¿Qué hechos? ¿Decirle la verdad a quién?

Crenshaw apartó la vista de la rana. Me miró y, para mi sorpresa, vi ternura en sus ojos.

—A la persona más importante de todas.

La rana saltó del alféizar y se perdió en la noche. Con un magnífico brinco, Crenshaw salió tras ella. Cuando me acerqué corriendo a la ventana, lo único que vi fue una mancha difusa blanca y negra que surcaba el césped bañado por la luna.

Me sentí como cuando uno se quita un suéter que le pica en un día frío: aliviado porque se libró de él, pero sorprendido ante lo frío que se tornó el aire.

Capítulo  17

Robin me esperaba en el pasillo, sentada con las piernas cruzadas como una indiecita. Tenía en la falda a Frank, su armadillo de peluche.

Le tomé la mano y la conduje a su habitación. El arcoíris de su velador dibujaba franjas en el techo. Me hubiese gustado tener uno en mi dormitorio, aunque nunca lo admitiría.

–Te escuché hablar –dijo mientras se deslizaba debajo de la manta.

–A veces hablo conmigo mismo.

–Eso es medio raro –bostezó Robin.

–Sí –concordé mientras la arropaba–. Lo es.

–Prometiste leerme a Lyle –me recordó.

–Sip –había estado esperando que se hubiera olvidado.

–Está en mi bolsa de recuerdos.

Hurgué dentro de la bolsa de papel. Una muñeca calva se asomó y me evaluó con sus ojitos brillantes e inexpresivos.

—Córrete un poco —dije y Robin me hizo lugar en el colchón.

Abrí el libro. Las hojas eran suaves y la cubierta estaba gastada.

—Robin —pregunté—. ¿Alguna vez tuviste un amigo imaginario?

—¿Quieres decir algo así como *imbesible*?

—Invisible. Sí, algo así.

—Nop.

—¿En serio? ¿Nunca?

—Nop. Tengo a LaSandra y a Jimmy y a Kylie. Y a veces a Josh, cuando no se porta como un bobo. Son reales, así que no tengo que fingir.

Pasé las hojas del libro.

—Pero, a veces, no sé, ¿cuando estás sola? —hice una pausa. No estaba seguro de lo que quería preguntar—. Digamos que estás en casa y no invitaste a ningún amigo y tienes mucha necesidad de hablar con alguien que te escuche. ¿Ni siquiera en ese caso?

—Nop —sonrió—. Porque de todas maneras te tengo a ti.

Me puso contento oírla decir eso. Sin embargo, por algún motivo, no era exactamente la respuesta que había estado esperando.

Abrí en la primera página.

—"Esta es la casa, la casa de la calle 88 Este. Ahora está vacía..."

—Como nuestra casa —interrumpió Robin—. Solo que nosotros vivimos en un 'partamento.

—Es cierto.

—¿Jacks? —dijo Robin suavemente—. ¿Recuerdas cuando vivimos en la camioneta durante un tiempo?

—¿Realmente lo recuerdas? Eras muy pequeña.

—Es como si lo recordara pero no de verdad —Robin le hizo hacer a Frank un pasito de baile sobre la manta—. Pero tú me lo contaste, así que estaba preguntándome algo.

—¿Qué cosa?

Frank realizó un salto mortal hacia atrás.

—Estaba preguntándome si vamos a tener que vivir ahí otra vez, entonces, ¿cómo haríamos para ir al baño?

No podía creerlo. Robin era tan solo una niña, ¿cómo había deducido tantas cosas? ¿Acaso espiaba a mis padres como yo lo hacía?

Robin sollozó y se secó los ojos con Frank. Me di cuenta de que estaba llorando sin hacer ruido.

—Es que... extraño mis cosas y no quiero vivir en un auto sin orinal y también la panza me sigue haciendo ruidos —susurró.

Sabía lo que tenía que decirle. Ella necesitaba conocer los hechos. Teníamos problemas económicos. Era probable que tuviéramos que dejar el apartamento y que termináramos otra vez en la camioneta. Existía una gran posibilidad de que tuviera que dejar de ver a todos sus amigos.

Puse el brazo alrededor de Robin y la abracé con fuerza. Levantó la mirada hacia mí: sus ojos brillaban.

Tienes que decir la verdad, amigo mío.

—No seas ridícula —le dije—. No podemos vivir en el auto. ¿Dónde pondríamos los palitos de helado? Además, Aretha y papá roncan como locos.

Robin rio, apenas.

—Te preocupas demasiado, niña. Todo está bien. Lo prometo. Ahora volvamos a Lyle.

Otro sollozo y asintió con la cabeza.

—Ey, un dato curioso acerca de los cocodrilos —comenté—. ¿Sabías que pueden caminar erguidos sobre sus patas traseras?

Robin no respondió, ya estaba profundamente dormida y emitía suaves ronquidos.

Yo, en cambio, no podía dormir. Estaba demasiado ocupado recordando.

Parte dos

El puré de papas es para darles suficiente a todos

–*A Hole is To Dig: A First Book of First Definitions,*

escrito por Ruth Krauss e ilustrado por Maurice Sendak

Capítulo

Supongo que quedarse sin hogar no es algo que sucede de pronto.

Mi mamá me contó una vez que los problemas de dinero parecen tomarte por sorpresa. Dice que es como pescarse un resfriado. Al principio, solo sientes un cosquilleo en la garganta, luego tienes dolor de cabeza y después, tal vez, toses un poco. Cuando quieres darte cuenta, ya tienes una pila de pañuelos Kleenex alrededor de la cama y te agarra una tos seca que parece que te explotaran los pulmones.

Tal vez no nos quedamos sin hogar de la noche a la mañana, pero eso fue lo que pareció. Yo estaba terminando el primer curso, mi papá se había enfermado y mi mamá había perdido el trabajo de maestra. Y de pronto –*bum*–, ya no estábamos viviendo en una hermosa casa con hamacas en el jardín trasero.

Al menos así es cómo yo lo recuerdo. Pero, como dije

antes, la memoria es rara. Se supone que debería haber pensado: *Guau, voy a extrañar mi casa, mi barrio, mis amigos y mi vida*.

Pero solo recuerdo haber pensado que vivir en la camioneta sería divertidísimo.

Capítulo **19**

Nos mudamos a la camioneta apenas finalizó el primer curso. No hubo un gran anuncio ni una fiesta de despedida. Simplemente nos marchamos, de la misma forma en que uno abandona el pupitre al final del año escolar. Te llevas todo, pero si te olvidas algunos lápices y un viejo examen de ortografía, no te preocupas demasiado. Sabes que el chico al que le toque tu pupitre al año siguiente se encargará de todo.

Mis padres no tenían muchas cosas, pero igual se las arreglaron para llenar la pequeña camioneta. Era difícil ver por las ventanillas. Yo dejé mi almohada y la mochila para el final, cuando la camioneta ya estaba casi llena. Las estaba colocando en el asiento trasero cuando noté algo extraño.

Alguien había dejado encendido el limpiaparabrisas trasero, aun cuando se trataba de un día soleado. No había lluvia ni nubes ni nada.

Derecha. Izquierda. Derecha. Izquierda.

Mis padres estaban empacando las últimas cosas y Robin se encontraba con ellos. Yo estaba totalmente solo.

Derecha. Izquierda. Derecha. Izquierda.

Me acerqué para ver mejor. El limpiaparabrisas era terriblemente peludo.

Era mucho más parecido a una cola que a un limpiaparabrisas.

Salté fuera del auto y corrí hacia la parte de atrás. Miré la abolladura en el paragolpes, que era de la época en que mi padre retrocedió contra un carrito de la tienda Costco. Miré la calcomanía que mamá había usado para cubrir el golpe. Decía: Yo FRENO ANTE LOS DINOSAURIOS.

Miré el limpiaparabrisas.

Pero no se movía ni era peludo.

Y justo en ese momento lo supe —de la misma manera en que uno sabe que va a llover mucho antes de que la primera gota le salpique la nariz–, supe que algo estaba a punto de cambiar.

Capítulo 20

Cuando la camioneta ya estaba cargada, nos quedamos esperando en el estacionamiento. Nadie quería entrar al auto.

—¿Por qué no manejo yo, Tom? —preguntó mamá—. Hoy estuviste muy dolorido...

—Estoy bien —dijo papá con firmeza—. Fuerte como un roble, aunque tal vez eso sea un poco exagerado.

Mamá sujetó a Robin a la sillita y nos subimos a la camioneta. Los asientos estaban calientes por el sol.

—Esto es solo por unos pocos días —dijo mamá, acomodándose las gafas de sol.

—Dos semanas como máximo —agregó papá—. Tal vez tres. O cuatro.

—Solo tenemos que recuperarnos un poco —mamá estaba usando su voz de que todo estaba bien, de modo que supe que algo estaba realmente mal—. Muy pronto, encontraremos un nuevo apartamento.

—A mí me gustaba nuestra casa —comenté.

—Los apartamentos también son lindos —afirmó mamá.

—No entiendo por qué no podemos quedarnos.

—Es complicado —dijo papá.

—Lo entenderás cuando seas más grande, Jackson —agregó mamá.

—Pongan Wiggles —gritó Robin mientras se retorcía en la sillita. Le encantaba The Wiggles, un grupo que escribía canciones tontas para niños.

—Primero un poco de música para salir a la ruta, Robin —dijo papá—. Después Wiggles —deslizó un CD en el aparato de música. Era uno de los cantantes preferidos de papá y mamá. Se llama B.B. King.

A mis padres les gusta un tipo de música llamado "blues". En un blues, alguien está triste por algo. Tal vez es alguien que cortó con la novia o perdió todo su dinero o perdió el tren que lo llevaba a un lugar lejano. Pero lo raro es que, al escuchar la canción, uno se siente feliz.

Papá inventa muchísimos blues graciosísimos. El preferido de Robin era "Mi McDLT No Tiene L Ni T". El mío era "Bugui del vampiro boca arriba", sobre un murciélago que no podía dormir boca abajo, como se supone que duermen los murciélagos.

Nunca había escuchado la canción de B.B. King que mi papá había elegido. Era sobre un sujeto al que nadie quería salvo su madre.

—Papá, ¿qué quiere decir con eso de que hasta su madre podía estar embaucándolo? —pregunté.

—Embaucar quiere decir engañar, mentir. Es curioso, ves, porque tu mamá y tu papá *siempre* te quieren.

—Excepto cuando no usas el hilo dental —señaló mamá.

Me quedé callado durante un rato.

—¿Los chicos siempre tienen que querer a su papá y a su mamá? —pregunté.

Capté el reflejo de la cara de papá en el espejo retrovisor. Me miró con una expresión interrogativa.

—Piénsalo así —explicó—. Puedes estar furioso con alguien y, aun así, quererlo con todo tu corazón.

El auto comenzó a rodar. Aretha estaba sentada entre Robin y yo. Como tenía pocos meses, conservaba el pelaje suave y las patas torpes.

Nuestro vecino, el Sr. Sera, estaba cortando rosas amarillas en su jardín. Ya nos habíamos despedido formalmente. Agitó la mano para saludarnos y le devolvimos el saludo, como si estuviéramos yendo al Gran Cañón del Colorado o a Disneylandia.

—¿El Sr. Sera tiene un gato? —pregunté—. ¿Un gato muy grande?

—Solo tiene a Mabel —respondió mamá—. La chihuahua de mal carácter. ¿Por qué?

Eché un vistazo hacia el parabrisas trasero, pero estaba tapado con cajas y bolsos.

—Por nada —respondí.

Papá subió el volumen de la canción de B.B. King, quien continuaba muy seguro de que nadie lo quería, incluyendo su mamá.

Aretha ladeó la cabeza y aulló.

Adoraba cantar acompañando las canciones, especialmente los blues. Aunque también le gustaban los Wiggles.

Anduvimos varias manzanas. El labio inferior me temblaba, pero no lloré.

—Que comience la aventura —exclamó mamá.

Capítulo

Si alguna vez tienen que vivir en un auto, tendrán problemas con los pies. Especialmente si están encerrados ahí dentro con su hermanita, su mamá, su papá, su cachorrita y su amigo imaginario.

Los pies presentan toda clase de problemas.

Los pies apestosos de tu papá.

El olor a solvente de ciertos marcadores del esmalte de uñas de tu mamá, porque ella dice que quiere seguir luciendo linda, de modo que háganme el favor de soportarlo.

Los pies de tu hermana, que te patean justo cuando estás por dormirte.

Los pies de la perra saltándote encima.

Los pies del amigo imaginario caminando sigilosamente por arriba de tu cabeza.

Pensé mucho en este problema. Finalmente, se me ocurrió una idea. Y así fue cómo la llevé a cabo.

Lo que hice fue tomar una caja de cartón de un televisor grande, que encontramos detrás de Wal-Mart. La aplasté para que quedara plana y le hice dibujos del lado de adentro y del lado de afuera. Solo tenía tres marcadores y uno se secó cuando la tapa se cayó detrás del asiento trasero. De modo que en su mayoría eran perros rojos con ojos azules. Y gatos azules con ojos rojos.

Dibujé estrellas en el interior. Me pareció que era algo bueno en que pensar antes de irme a dormir.

Escribí en la parte de arriba: PROIBIDO PASAR MI CAZA PRIVADA. Mamá dijo que era una pena que hubiéramos tenido que dejar el diccionario. Papá dijo ojalá hubiera cazado algo para comer.

Todas las noches abría la caja y deslizaba la bolsa de dormir en el interior. Al entrar gateando en ella como una oruga en un capullo, sentía que estaba en mi antigua habitación, donde podía pensar sin que nadie me fastidiara.

Cuando Robin me pateaba durante el sueño, le pegaba a la caja, que no era lo mismo que patearme a mí.

Lamentablemente, a Aretha le agradaba dormir conmigo, de modo que a veces había allí dentro un terrible aliento perruno.

Además, la caja no me sirvió de gran ayuda con los pies apestosos de papá.

Sabía que éramos afortunados al tener nuestra vieja Honda minivan, que era muy espaciosa. Conocí a un chico que vivió durante un año entero en uno de esos Volkswagen. Era rojo y redondo como una vaquita de San Antonio y casi igual de diminuto. El pobre chico tenía que dormir sentado y apretado entre sus dos hermanitas.

Otra de las razones por la cual éramos afortunados era porque mi caja de dormir era solamente decorativa. Hay gente que realmente vive en la calle dentro de una caja de cartón.

No estaba viendo el lado positivo. Es mejor tener un auto grande que uno pequeño cuando vives en él. Y es mejor tener una caja en un auto que una caja en la calle.

Esos eran los hechos.

Yo no era como papá, que insistía en que no nos habíamos quedado sin hogar.

Simplemente estábamos acampando en el auto.

Capítulo 22

No pensé mucho más acerca del limpiaparabrisas de cola de gato. Todo era tan raro de por sí que supongo que no quise agregar una rareza adicional.

La primera noche en la camioneta fue bastante divertida. Fuimos hasta un parque cercano al puente Golden Gate. Un hombre tenía un telescopio para mirar el cielo y nos mostró Orión y la Osa Mayor. Del otro lado del agua, las luces de San Francisco cubrían la tierra como estrellas perezosas.

Pensábamos que podríamos dormir en el estacionamiento, pero un guardia de seguridad nos golpeó la ventanilla. Nos dijo que teníamos que marcharnos y luego agitó la linterna en círculos como un sable de luz de *La Guerra de las Galaxias*.

Fuimos a Denny's, un restaurante que está abierto toda la noche. Mamá conocía a uno de los cocineros y él le pidió al gerente si podíamos estacionar ahí solo por una noche. Dijo que sí y hasta nos dio unos *hot cakes* que estaban demasiado quemados para dárselos a los clientes.

Comimos más *hot cakes* quemados por la mañana. Para entonces, todos estábamos doloridos y de malhumor. Solo Aretha estaba contenta: adora los *hot cakes*.

Ese día, mis padres no tenían ninguna agenda de trabajo, así que nos dirigimos a la biblioteca pública para asearnos y matar el tiempo. Mis padres se turnaron para quedarse afuera con Aretha. Es peligroso dejar a un perro en un auto caliente.

La biblioteca tenía aire acondicionado y sillones suaves y cómodos. Los baños eran limpios, lo cual era una agradable ventaja adicional.

Yo nunca me fijaba si un baño estaba limpio o sucio. Cada vez que me bañaba, mamá decía "Aquí viene el huracán Jackson", porque hacía mucho lío.

Uno de mis experimentos preferidos en el baño es algo que los científicos llaman "flotabilidad". "¿Flotará?" es cómo lo llamo yo. Puede ser un poco caótico pero es muy interesante. Por ejemplo, si arrojas una botella de kétchup casi llena a la tina, no flotará. Pero el agua tomará un color increíble.

También enfurecerá a tu mamá.

Nos quedamos casi todo el día en la biblioteca. La bibliotecaria del sector infantil hasta compartió su sándwich con Robin y conmigo. También tenía galletas Ritz y se las dio todas a mi hermanita.

Después de eso, Robin decidió que sería bibliotecaria cuando fuera grande. Si lo de científico de animales no funciona, es probable que yo también lo sea.

Capítulo 23

Solo llevábamos cuatro días viviendo en la camioneta cuando alguien le robó el bolso a mi mamá, que tenía casi todo nuestro dinero, porque los bolsillos de papá estaban destrozados.

Después de contarle lo que había ocurrido a un policía, nos pidió la dirección para poder devolvernos el dinero si lo encontraban.

Mi mamá le dijo que estábamos a punto de mudarnos y no teníamos aún la nueva dirección.

—Ah —exclamó el agente y asintió como si hubiera desentrañado un difícil problema matemático.

Mis padres conversaron durante un rato con el policía, que les dio la dirección de dos refugios donde la gente puede pasar la noche. Los hombres duermen en un lugar y las mamás y los chicos en otro, explicó.

—De ninguna manera —dijo papá—. Eso no va a suceder.

Robin comentó:

—Estamos acampando en el auto.

El policía miró a Aretha, que le lamía el zapato negro y brillante.

Dijo que no aceptaban animales en ambos refugios.

Le pregunté si eso incluía a los cachorritos.

—Desgraciadamente sí —respondió.

Le conté que mi maestro, el Sr. Vandermeer, tenía ratas como mascotas.

—Las ratas están especialmente prohibidas —comentó el policía.

Hay ratas buenas y ratas malas, le expliqué. Le dije que las ratas blancas como las que tenía mi maestro —Harry y Hermione— eran más limpias que la mayoría de las personas. Pero las ratas salvajes traían muchas enfermedades.

Luego le conté que el maestro les estaba enseñando a jugar al básquetbol con una pelotita diminuta, para un experimento científico. Las ratas son muy inteligentes.

—Básquetbol —repitió el policía y miró a mis padres como diciendo que quizá deberían estar preocupados por mí. Después le dio a mi mamá una tarjetita blanca con números de teléfono.

—Servicios sociales, refugios, centros de distribución de alimentos, clínicas gratis —enumeró—. Llámennos por el robo. Mientras tanto, amigos, tengan paciencia.

Ya casi estábamos junto al auto cuando escuché que el policía gritaba:

—¡Ey, Ratman!

Al darme vuelta, me hizo una seña con el brazo para que me acercara.

—¿Qué tal es el tiro en elevación? —me preguntó al aproximarme—. Me refiero a las ratas.

—Más o menos —respondí—. Pero están aprendiendo. Reciben un premio cuando hacen algo bien. Se llama "Ref... —no podía recordarlo. Eran dos palabras muy largas.

—¿Refuerzo positivo?

—¡Sip!

—Sí. Creo que yo también podría hacer lo mismo —comentó el policía.

Metió la mano en el bolsillo y sacó un billete arrugado de veinte dólares.

—Dáselo a tu papá —dijo—. Pero espera a que estén dentro del auto.

Le pregunté por qué tenía que esperar.

—Porque si no, me lo devolverá de inmediato —explicó.

—¿Cómo lo sabe? —inquirí.

—Lo sé.

Cuando estuve dentro del auto, le entregué el dinero a mi papá. Me pareció que iba a arrojarlo por la ventanilla.

Pensé que me gritaría, pero no lo hizo. Solo golpeteó el volante con los dedos. *Tap. Tap. Tap.*

Finalmente, guardó el billete en el bolsillo del jean.

—Me parece que hoy yo pago la cena —dijo en voz baja.

Capítulo 24

Al día siguiente, dejamos a mamá en su trabajo de medio tiempo como camarera. Antes de bajarse del auto, miró a papá y dijo:

—Tom, tenemos que solicitar un seguro social.

—Cuando terminen con el papeleo, ya no lo vamos a necesitar —comentó.

—No importa.

—Además, es probable que ganemos demasiado dinero como para que nos den esa ayuda.

—No importa.

Se miraron durante unos largos segundos. Finalmente, papá asintió.

Fuimos a una oficina de "servicios sociales" para averiguar sobre la ayuda que brindaban. Papá completó muchísimos formularios mientras Robin y yo nos quedamos sentados en un sillón anaranjado, duro e incómodo. Después nos dirigimos a tres ferreterías, donde llenó solicitudes de trabajo. Papá refunfuñó por el combustible que gastábamos. Para animarlo, le dije que podríamos ponerle agua al auto en vez de gasolina, y entonces se rio un poquito.

—No tener suficiente trabajo es un duro trabajo —le dijo papá a mamá cuando se unió a nosotros en el auto, después de su turno. Luego respiró profundamente y largó el aire con fuerza, como si tuviera delante una torta de cumpleaños con muchas velitas.

—Papá —dije—. Tengo un poco de hambre.

—Yo también, amiguito —repuso—. Yo también.

—Casi me olvido —intervino mamá revisando en su gran bolso de mano—. Tomé algunos panecillos que el chef iba a tirar —extrajo una bolsa blanca de papel—. Están muy duros. Y son de centeno.

—Bueno, ya es algo —exclamó papá.

Se quedó mirando por la ventana. Después de un momento, golpeó las manos.

—Muy bien. Ya es hora de que comience el espectáculo —anunció—. Supongo que no puedo posponerlo más.

Mamá le tocó el hombro.

—¿Estás seguro, Tom? —preguntó—. Mañana tengo que cobrar. Podríamos ir al centro de distribución de alimentos. O al refugio.

—Nop. Yo me encargo —sonrió, pero a mí no me pareció una verdadera sonrisa—. Prefiero hacer un poco de música que otra cola interminable en alguna oficina, esperando que me den una limosna.

Fuimos en el auto a la parte de atrás de Rite-Aid. Papá encontró una caja buena y limpia en el contenedor de residuos.

—¿Estás haciendo el cartel para pedir dinero? —pregunté. Había estado hablando de eso cada tanto desde que nos robaron el dinero.

—Dado que cantaré para pagar la cena —dijo mientras rompía la caja en trozos—, prefiero llamarlo un pedido de retribución.

—¿Qué es una retribución? —pregunté.

—Una propina. El dinero que le das por ejemplo a un camarero —explicó mamá—. Cuando éramos jóvenes, tu padre y yo solíamos ser artistas callejeros antes de tener trabajos comunes. Muchos músicos lo hacían.

—Conozco esto al dedillo —afirmó papá—. En primer lugar, debemos conseguir un cartel de cartón. Luego, buscar un cruce muy transitado. Las mejores esquinas son las que tienen semáforos largos.

—No sería una mala idea llevarla a Aretha —sugirió mamá.

—A la gente le encantan los perros —concordé—. Estoy seguro de que sacarás mucho más dinero con Aretha.

—Jackson, ¿puedes prestarme un marcador? —preguntó papá.

Le alcancé el azul.

—¿Ves a ese sujeto en la esquina, al lado de Target? Tiene un cachorrito.

Mi padre observó el rectángulo de cartón.

—Nada de perros de utilería.

—Al menos escribe "Dios te bendiga" —aconsejó mamá—. Todo el mundo lo hace.

—Nop. Como van las cosas, no tengo idea en qué anda Dios.

Mamá suspiró.

Papá garabateó algo en el cartón, como si estuviera apresurado por estar en otro lado. Levantó el cartel y preguntó qué nos parecía.

No respondí de inmediato. En el segundo curso, mi padre se sacó un 5 en caligrafía, que es la forma de hacer las letras. No mejoró con la edad.

—¿Qué dice? —pregunté.

—GRACIAS.

—Parece que dijera GRECIA.

Se encogió de hombros.

—Mejor aún.

Capítulo

Fuimos a una esquina transitada y estacionamos cerca de un Starbucks. Era un día fresco y lluvioso.

–¿Estás seguro de esto? –preguntó mamá–. Déjame ir contigo.

–No será la primera vez que toque en un concierto al aire libre –afirmó papá–. Y no puedes venir conmigo. Alguien tiene que quedarse con los chicos.

Nos quedamos esperando en la camioneta y lo observamos mientras cruzaba la calle. Llevaba el cartel y la guitarra, pero no a Aretha.

Se ubicó en el medio de los dos carriles, junto a la señal de girar a la izquierda, y apoyó el cartel de GRACIAS contra el estuche abierto de la guitarra.

No podíamos oírlo cantar: había demasiado tráfico.

–Tiene que hacer contacto visual –dijo mamá.

La luz se puso roja y se formó una fila de automóviles

cerca de él. Alguien hizo sonar la bocina y mi padre echó un vistazo. El conductor de un taxi le entregó dinero.

La próxima vez que el semáforo se puso rojo, el conductor de una camioneta *pickup* le extendió unas monedas. Cuando la luz se ponía verde, la mayoría de las personas pasaban junto a él, con los ojos en la avenida que tenían delante. Pero unos pocos sonreían o asentían con la cabeza.

Rojo. Verde. Rojo. Verde. Pasó una hora muy lentamente. Cuando papá regresó, olía a escape de auto. Le entregó a mamá un puñado de billetes arrugados y unas monedas.

—Siete miserables dólares y algunos centavos.

—Está comenzando a llover —señaló mamá—. A la gente no le gusta bajar la ventanilla cuando llueve —observó los billetes húmedos—. Podríamos probar cerca del centro comercial. Tal vez esta no sea una buena esquina.

Papá sacudió la cabeza.

—Tal vez sea una mala idea.

—La lluvia es necesaria —comenté—. Por la sequía y eso.

—Tienes razón —dijo papá—. Veamos el lado positivo que mencionó Jackson.

Después de un rato, la lluvia ya no era más que una leve garúa. Nos dirigimos a un parque para que Robin y mamá tomaran un poco de aire fresco, porque, según mamá, mi hermanita se volvería loca si seguía encerrada.

—¿Por qué no vienes tú también, Jackson? —preguntó mientras desataba las correas de la sillita de Robin.

—No. Demasiado mojado —respondí.

—Se van a empapar —advirtió papá.

—Robin se está poniendo muy inquieta —explicó mamá—. Podemos secar la ropa arriba del auto cuando salga el sol.

—El día se pone cada vez mejor —observó papá.

Mamá se inclinó a través del asiento y le dio un beso en la mejilla, que estaba sin afeitar.

—Ya vendrán tiempos mejores —dijo.

Me quedé en la camioneta con papá. Aretha, que tenía un olor un poco fétido, dormía en la parte de atrás.

Decidí hacerle un nuevo cartel a papá. Uno mejor, como el que mi mamá había hecho para la puerta del baño.

Corté un poco de cartón de mi caja de dormir. Luego dibujé un pez sonriente, sentado en una canoa. Tenía una caña de pescar en la mano y un simpático sombrero.

En grandes letras, escribí: PREFRERÍA ESTAR PEZCANDO.

Papá estaba dormitando en el asiento del conductor. Tenía los ojos cerrados, pero no roncaba, de modo que supe que podía despertarlo.

Lo toqué con el cartel.

—Papá, la próxima vez, prueba con esto.

Parpadeó, se frotó los ojos y tomó el cartel. Se quedó mirándolo fijamente durante mucho tiempo.

—Muy bueno —comentó finalmente—. Me gusta el bigote de la trucha. Es un hermoso detalle. Solo para que lo sepas, es "PRE-FE-RI-RÍA", y "PEZCANDO"... olvídalo. Está genial, hijo. Gracias.

—Si se moja, podemos conseguir más cartón y hacer uno nuevo.

Papá apoyó el cartel con cuidado en el asiento del

acompañante. Luego abrió la puerta y se bajó. Había niebla. Las hojas brillaban y goteaban.

Mamá dice que solo vio llorar tres veces a papá. Cuando se casaron y cuando nacimos Robin y yo.

Se apoyó contra el capó del auto y se cubrió los ojos con la mano.

Tenía la cara húmeda. Me dije a mí mismo que debía ser por la lluvia.

La tarde siguiente, durante la hora de mayor tráfico, papá regresó a la misma esquina con el nuevo cartel. Estaba lloviznando otra vez y, en el cielo, había nubes grises y bajas. Esperé en el auto con mamá, Robin y Aretha.

Mi madre acababa de terminar su trabajo en la farmacia. Dijo que habían faltado dos personas por enfermedad, por lo cual ella era la única cajera. "La gente se puso de malhumor al tener que esperar mucho en la fila. ¿Por qué no leían el *Enquirer* hasta que les tocara el turno?", agregó.

El conductor de una camioneta 4x4 roja bajó el vidrio, sonrió y le dijo algo a papá. Ambos asintieron. Papá colocó el cartel debajo del brazo y separó las manos hasta que hubo una distancia de unos sesenta centímetros entre ellas.

–Apuesto que le está contando acerca de esa trucha del lago –le dije a mamá.

–Y exagerando –agregó con una sonrisa.

—¿Eso es lo mismo que mentir? —pregunté.

—No, cuando tiene que ver con pescados —respondió mamá.

Cuando la luz cambió, el tipo le entregó dinero y saludó con la mano mientras se alejaba. Después de aproximadamente una hora, había reunido un montón de billetes. También un gran vaso de café y una bolsa con dos trozos de budín de limón.

El cartel estaba completamente empapado y deshecho.

Mamá alisó los billetes en la falda.

—Cincuenta y seis dólares —anunció.

—Y ochenta y tres centavos —agregó papá.

Mis padres compartieron el café. Yo dividí el budín con Robin y luego trepé a la parte de atrás, Aretha golpeaba la cola esperanzada.

Cuando nadie miraba, le di mi parte.

Estaba frío y ventoso, y la lluvia había regresado con fuerza. Papá encendió el auto para que pudiéramos usar la calefacción, aunque tratábamos de no hacerlo porque consumía gasolina. Escuchamos radio. Hilitos de agua caían en zigzag por el vidrio.

Otro hombre se instaló en la esquina. En su cartel se leía VETERANO-DIOS TE BENDIGA. Llevaba una chaqueta con cremallera, medio abierta, donde se acurrucaba un perrito tipo caniche.

—Papá, sigo pensando que deberías llevar a Aretha la próxima vez —comenté—. Te apuesto que haremos todavía más dinero.

No respondió. Supuse que se encontraba escuchando a la anunciadora de la radio, que advertía que las probabilidades de lluvia eran del ochenta por ciento. Por lo tanto, era una buena noche para quedarse adentro.

Un autobús escolar se detuvo en el semáforo. Los vidrios estaban empañados. Vi algunos chicos, de modo que me escondí por si los conocía.

Alguien había dibujado una carita feliz con una palabra al lado. *¡Hola!*, supuse que decía, pero era difícil de asegurar. Yo estaba del lado de afuera, así que todo estaba de atrás para adelante.

Aretha me lamió la mano pegajosa.

—La próxima vez —dijo mamá apoyando la cabeza en el hombro de papá—, iré yo.

—No —respondió él con voz tan suave que casi no pude oírlo—. No irás.

Capítulo 27

La tarde siguiente, apareció Crenshaw. Entero, no solamente la cola.

Nos habíamos detenido en un área de descanso de la Autopista 101 y estábamos sentados en una mesa para hacer picnic.

—Cheetos y agua como cena —dijo mamá y suspiró—. Soy una muy mala madre.

—No hay muchas opciones en una máquina expendedora de la 101 —señaló papá, que había puesto a secar su ropa interior en un arbusto cercano. A veces, lavábamos las prendas en los lavabos de los baños. Traté de no mirar la ropa interior.

Después de comer, me encaminé a una zona de césped, debajo de un pino. Me acosté y observé el cielo mientras iba oscureciendo. Podía ver a mis padres y ellos podían verme a mí, pero, por lo menos, sentía que estaba un poquito solo.

Amaba a mi familia, pero también estaba un poco cansado de ella. Estaba cansado de tener hambre y estaba cansado de dormir en una caja.

Extrañaba mi cama. Extrañaba mis libros y mis Legos. Hasta extrañaba la tina.

Esos eran los hechos.

Una brisa suave comenzó a hamacar la hierba. Las estrellas giraron.

Oí el sonido de ruedas en la gravilla, me levanté y me apoyé sobre los codos. Primero reconocí la cola.

–Miau –dijo el gato.

–Miau –le respondí, por una cuestión de cortesía.

Capítulo 28

Vivimos en la camioneta durante catorce semanas.

Algunos días, viajábamos de acá para allá. Otros, estacionábamos y nos quedábamos sentados adentro. No íbamos a ningún lado, solo sabíamos que no estábamos yendo a casa.

Supongo que *volver* a tener un hogar tampoco sucede de pronto.

Nosotros tuvimos suerte. Algunas personas viven en el auto durante años.

No estoy tratando de ver el lado positivo. Era realmente aterrador. Y, decididamente, apestoso.

Pero, esos días, nuestros padres nos cuidaron lo mejor que pudieron.

Después de un mes, papá consiguió un trabajo de medio tiempo en una ferretería. Mamá tomó unos turnos extra como camarera y papá continuó cantando por propinas. Cada vez que el cartel del pez se mojaba, yo le hacía uno nuevo. Lentamente, comenzaron a ahorrar algo de dinero, poquito a poco, para pagar el depósito del alquiler de un apartamento.

Era parecido a curarse de un resfriado. A veces, tienes la sensación de que nunca dejarás de toser. Y otras, estás seguro de que al día siguiente finalmente te sentirás bien.

Cuando por fin lograron reunir el dinero suficiente, nos mudamos al Lago de los Cisnes. Se encontraba a unos sesenta y cuatro kilómetros de nuestra antigua casa, lo cual significaba que yo tenía que ir a una escuela nueva. Pero no me molestó en absoluto. Al menos, iba otra vez a la escuela: un lugar donde los hechos eran importantes y todo tenía sentido.

En lugar de mudarnos a una casa, terminamos en un apartamento pequeño y deslucido. No nos importó: para nosotros era un palacio. Un lugar caliente, seco y seguro.

Comencé la escuela más tarde pero, con el tiempo, me hice amigos. Nunca les conté de la época en que no teníamos hogar. Ni siquiera a Marisol. No podía.

Sentía que, si no hablaba de ello, nunca volvería a suceder.

Capítulo

Durante esas semanas en la carretera, Crenshaw y yo no conversamos demasiado. Siempre había alguien alrededor que nos interrumpía. Pero no me importaba. Sabía que él estaba ahí y eso era suficiente.

A veces, eso es todo lo que necesitas de un amigo.

Cuando pienso en esa época, lo que más recuerdo es a Crenshaw viajando arriba de la camioneta. Yo miraba pasar el mundo como una nebulosa por la ventanilla y, cada tanto, captaba un vistazo fugaz de su cola, flotando en el viento como la de un barrilete.

En ese momento, tenía esperanzas, al menos por un rato, de que las cosas mejorarían y que, con un poco de suerte, cualquier cosa sería posible.

Capítulo 30

Supongo que, para la mayoría de los chicos, los amigos imaginarios se desvanecen al igual que los sueños. Yo les he preguntado a varias personas cuándo dejaron de ver a sus amigos imaginarios y nunca parecen recordarlo.

Todos decían lo mismo: supongo que es algo que vas dejando atrás al crecer.

Pero yo perdí a Crenshaw de golpe, cuando las cosas volvieron a la normalidad. Fue como cuando uno tiene una camiseta preferida, que ha usado desde siempre. Un día se la pone y ¡sorpresa!: se le ve el ombligo. No recuerda haber crecido demasiado como para que la camiseta le quede chica, pero ahí está su ombligo, a la vista de todo el mundo.

El día en que se marchó, Crenshaw me acompañó hasta la escuela. Lo hacía todas las mañanas, a menos que quisiera quedarse en casa para ver las repeticiones del programa *Las pistas de Blue*. Nos detuvimos en el patio de juegos. Yo le estaba contando que me gustaría tener un gato de verdad. Eso fue antes de descubrir que mis padres son tremendamente alérgicos a los gatos.

Crenshaw se paró de cabeza. Luego hizo una voltereta lateral, una medialuna. Era excelente haciendo medialunas.

Cuando terminó, me miró con expresión gruñona.

−*Yo soy un gato* −afirmó.

−Lo sé −repuse.

−Soy un gato *de verdad* −su cola se movía hacia arriba y hacia abajo con rapidez.

−Lo que quiero decir es... tú sabes... un gato que los demás puedan ver.

Con la pata, golpeó una mariposa amarilla. Me di cuenta de que me estaba ignorando.

Un grupo de chicos grandes, de cuarto y quinto curso, pasó caminando. Me señalaron y se rieron, mientras hacían gestos de que estaba loco.

−¿Con quién hablas, tonto? −preguntó uno y luego lanzó una risa con resoplido.

Ese es el tipo de risa que más me desagrada.

Yo fingí no escucharlo. Me arrodillé y me até el zapato como si fuera algo muy importante.

Tenía la cara caliente y los ojos húmedos. Hasta ese momento, nunca me había sentido avergonzado de tener un amigo imaginario.

Esperé. Los chicos siguieron de largo. Después escuché que se acercaba alguien más. Ella no venía caminando. Parecía que bailaba y daba saltitos.

–Hola, me llamo Marisol –dijo. Yo ya la había visto antes en el recreo. Tenía pelo largo, oscuro y rebelde, y una sonrisa excepcionalmente grande–. Tengo una mochila con un Tiranosaurio, igual a la tuya. Cuando sea grande, voy a ser paleontóloga, que significa...

–Ya sé lo que significa –repuse rápidamente–. Yo también quiero ser paleontólogo. O tal vez dedicarme a los murciélagos.

Su sonrisa se agrandó aún más.

–Me llamo Jackson –dije y me levanté.

Cuando miré a mi alrededor, descubrí que Crenshaw había desaparecido.

Capítulo

Al mirar hacia atrás, a veces me he preguntado si no era un poco grande para tener un amigo imaginario. Crenshaw apareció en mi vida recién al final de primer curso.

De modo que el año pasado, un día que estaba en la biblioteca, investigué sobre el tema. Resulta que alguien hizo un estudio sobre los niños y sus amigos imaginarios. El hecho es que el treinta y uno por ciento tenía un amigo imaginario a los seis o siete años, aún más que los de tres o cuatro.

Tal vez yo no era tan grande después de todo.

De todos modos, Crenshaw apareció en el momento indicado. Llegó a mi vida justo cuando lo necesitaba.

Era un buen momento para tener un amigo, aun cuando fuera imaginario.

Parte

El mundo es para que tengas algo donde pararte

—A Hole is To Dig: A First Book of First Definitions

escrito por Ruth Krauss e ilustrado por Maurice Sendak

Se me ocurrió que el regreso de Crenshaw –la noche del baño de espuma del gatito, como acabé llamándolo– podría ser un indicio de que tenía razón con respecto a mis padres. Estaba sucediendo otra vez: la mudanza, la locura. Quizá hasta la posibilidad de quedarnos sin hogar.

Me dije a mí mismo que tendría que enfrentar los hechos y sacar el mejor provecho de la situación. No sería la primera vez que nos veíamos en un momento difícil.

Aun así, había estado deseando que me tocara la Sra. Leach como maestra de quinto curso. Todos decían que le gustaba hacer explotar cosas durante los experimentos científicos. Y el negocio de paseadores de perros que teníamos con Marisol funcionaba muy bien. Además, había estado deseando probar la nueva pista de skate, que se terminaría de construir en enero. Y, tal vez, hasta jugar un poco al fútbol si conseguíamos dinero para el uniforme.

Para Robin sería más fácil. Podía mudarse a cualquier lado y siempre estaría bien. Hacía amigos en un instante. No tenía que preocuparse por cuestiones reales.

Todavía era una niña.

Me quedé acostado en la cama mientras la lista de lo que iba a extrañar se iba volviendo cada vez más larga. Le dije a mi mente que se tomara un descanso. A veces, eso realmente funciona.

Pero, esta vez, no demasiado.

El año pasado, el director de la escuela me dijo que era un joven viejo. Le pregunté qué quería decir y me respondió que parecía muy sabio para mi edad. Dijo que era un elogio. Que le gustaba que yo siempre supiera cuando alguien necesitaba ayuda con las fracciones. O que vaciara el sacapuntas sin que me lo pidieran.

En casa también soy así. Al menos, la mayor parte del tiempo. A veces siento que soy el más adulto de la familia. Motivo por el cual, mis padres deberían haber intuido que podían hablar conmigo sobre temas de adultos.

Y que deberían decirme la verdad acerca de la mudanza.

El otoño pasado, un mapache grandote ingresó en la casa por la puerta de Aretha. Eran las dos de la mañana. Aretha ladraba como una loca y todos corrimos a ver qué estaba pasando.

El mapache estaba en la cocina examinando un trocito de Dog Chow. Lo sostenía orgullosamente en sus manitos como si hubiera descubierto un gran diamante marrón y no se asustó ni un poquito al vernos.

Mordisqueaba su diamante con cuidado. Hasta parecía contento de que le hiciéramos compañía durante la cena.

Aretha se subió de un salto al sillón. Ladraba tan fuerte que creí que se me caerían las orejas.

Robin salió corriendo a buscar su cochecito, por si el mapache quería ir a dar una vuelta.

Mamá llamó al 911 rápidamente, para denunciar una invasión de domicilio.

Papá, que solo llevaba puesta la parte de abajo del pijama con monitos, encendió la guitarra eléctrica e hizo ese chirrido que te destroza los oídos para asustar al mapache.

—Ni se te ocurra acercarte a ese animal —mamá le advirtió a Robin. Luego señaló el teléfono celular y nos hizo callar—. Sí, oficial, sí. Luna Silenciosa 68. No, no está atacando a nadie; está mordiendo comida para perros. Dog Chow, para ser más precisa. La que es seca. Chicos, aléjense. Podría estar rabioso.

—No es un oso, mami —dijo Robin mientras daba vueltas en círculo por la sala con el cochecito—. Estoy casi segura de que es un castor.

Durante un rato, observé cómo se volvían locos. Resultaba entretenido.

Finalmente, silbé.

Para ser chico, silbo muy bien. Uso los dedos meñiques.

Todos se callaron y me miraron. Hasta el mapache.

—Vayan a sentarse al sofá —dije—. Yo me encargo.

Me dirigí a la puerta del frente y la abrí.

Eso fue todo lo que hice: simplemente la abrí.

La niebla flotaba y las ranas charlaban. Afuera, el mundo esperaba en calma.

Todos se sentaron en el sofá. Le di a Aretha su ardilla de juguete para tranquilizarla. Estaba cubierta de baba de perro.

Una vez que el mapache terminó de comer, se desplazó delante de nosotros como si fuera el dueño de la casa y se dirigió hacia la puerta abierta. Antes de marcharse, echó una mirada por encima del hombro como diciendo: "La próxima vez iré a otra casa. Acá están todos locos".

Después de eso, sentí como si siempre tuviera que estar alerta ante una próxima invasión de mapaches.

Capítulo  33

El sábado por la mañana, me desperté, fui hasta la sala y encontré un gran espacio vacío donde había estado el televisor. Sin él, la habitación parecía desnuda.

Papá estaba preparando el desayuno: *hot cakes* y panceta. No habíamos comido *hot cakes* y panceta en mucho tiempo.

Robin estaba sentada a la mesa de la cocina. Aretha babeaba y el mentón de Robin estaba lleno de miel.

–Papi me hizo los *hot cakes* con forma de R por Robin.

–¿Tienes preferencia por alguna letra en especial? –inquirió papá.

Estaba usando el bastón, lo cual significaba que no se sentía muy bien.

–¿Estás bien? –le pregunté.

–¿Por el bastón? –se encogió de hombros–. Es por la póliza de seguro.

Lo abracé.

—Los *hot cakes* redondos de siempre estarán perfectos —respondí—. ¿Dónde está mamá?

—Aceptó un turno extra de camarera por la mañana.

—Papá le vendió el televisor a Marisol —anunció Robin y estiró el labio inferior hacia afuera para asegurarse de que supiéramos que no estaba contenta.

—¿Marisol? —repetí.

—Vi a su padre cuando estaba entrando el bote de basura —explicó papá mientras vertía círculos perfectos de mezcla en una sartén—. Estábamos hablando sobre el partido de hoy y de que su televisor había dejado de funcionar, y una cosa llevó a la otra. Él tenía el dinero, yo tenía el televisor, y el resto es historia.

—¿Pero cómo vamos a hacer nosotros para ver el partido? —pregunté.

—Iremos a Best Buy.

Tomé una lonja de panceta.

—¿Qué quieres decir?

Mi padre ajustó el fuego de la cocina.

—Ya verás. Querer es poder.

—A Aretha le gusta ver *Jorge el curioso* —observó Robin. Colocó el plato en el suelo y Aretha lo lamió hasta dejarlo limpio.

—Puede interesarte saber que *Jorge el curioso* comenzó su existencia como personaje de un libro —contó papá mientras hacía girar un *hot cake* en el aire—. De cualquier manera, esta familia necesita pasar más tiempo junta. Ya saben: jugar a las cartas, quizá. O al Monopoly.

–A mí me gusta Serpientes y Escaleras –comentó Robin.

–A mí también –mi padre le arrojó un trozo de panceta a Aretha–. Mucha televisión pudre el cerebro.

–A ti te encanta la televisión –dije mientras comenzaba a llenar el lavaplatos.

–Eso es porque la televisión ya lo pudrió. Ustedes todavía pueden salvarse.

Mi desayuno estuvo listo en poco tiempo.

–Muy buenos los *hot cakes* –señalé.

–Gracias. No puedo negar que tengo un cierto talento –papá me apuntó con la espátula–. Vi a Marisol cuando entrábamos el televisor con Carlos. Dijo que no te olvidaras de los dachshund de los Gouchers.

–Sí. Los pasearemos mañana.

–¿Los dachshund son los perros salchichas? –preguntó Robin.

–Sí, señora –asintió papá–. Sabes algo, Jacks. Últimamente, no los veo mucho a Dawan ni a Ryan ni a los demás. ¿Qué pasa con ellos?

–No sé. Dawan y Ryan están yendo a clases de fútbol. Todos hacen distintas actividades durante el verano.

Papá colocó unos platos en el fregadero. Se encontraba de espaldas a mí.

–Lamento mucho lo del fútbol, Jacks. No pude arreglarlo.

–No es nada –repuse–. Ya no me interesa tanto.

–Sí –dijo papá–. Suele pasar.

Me quedé observando el vapor dulce que daba vueltas arriba de los *hot cakes*. Hice un esfuerzo por no pensar en

Marisol mirando nuestra televisión y sintiendo lástima por nosotros, mientras nosotros jugábamos a Serpientes y Escaleras y comíamos cereal de salvado de una gorra de béisbol infantil.

Luego traté de no enojarme conmigo mismo por preocuparme por algo tan insignificante.

Tomé el cuchillo y el tenedor y rebané los *hot cakes*.

—Epa —exclamó papá—. Tranquilo, Zorro.

Levanté la mirada, confundido.

—¿Quién es el Zorro?

—Un tipo enmascarado, bueno con las espadas —papá señaló mi plato—. Estabas exagerando un poco con la tarea de disección.

Miré los *hot cakes*. Tenía razón. Los había destrozado espectacularmente bien. Pero eso no fue lo que llamó mi atención.

En el medio del plato, rodeado de una pasta melosa, había rebanadas de *hot cake* que formaban ordenadamente ocho letras: C - R - E - N - S - H - A - W.

Tal vez fue mi imaginación o tal vez no. De todos modos, los engullí antes de que nadie pudiera notarlo.

Capítulo

Después de que mamá llegó a casa, papá y yo fuimos a Best Buy, que es una tienda gigantesca llena de televisores y computadoras y teléfonos celulares y muchas cosas más. Nos detuvimos en el banco y, mientras papá hacía la cola, tomé dos paletas gratis, una para mí y una para Robin. Siempre elijo de color violeta. Y si no hay, las rojas son muy buenas.

No soy muy fanático de las amarillas.

Teníamos suerte de vivir en el norte de California, reflexioné. Es un lugar realmente hermoso, excepto cuando hay incendios o aludes de lodo o terremotos. Y lo que es mejor, es un sitio genial para conseguir comida gratis, si uno sabe dónde buscar. El mercado que se encuentra en el estacionamiento del Centro Cívico es un buen lugar porque te dan comida para probar, como palitos de miel o turrón de maní. Las tiendas de comestibles también son buenas, las que regalan trozos de melón en un palillo. La ferretería local entrega bolsitas con palomitas de maíz gratis los sábados, así que esa es una buena opción si uno llega suficientemente temprano.

Si uno tiene hambre, estoy seguro de que no le conviene vivir en Alaska. Es probable que no haya mercados de comida al aire libre muy a menudo. Aunque en Alaska sí tienen osos pardos. Me encantaría conocer a uno de esos grandulones.

Desde una distancia prudencial. Las garras delanteras de ese oso pueden llegar a medir más de diez centímetros.

Por aquí, es más fácil tener hambre en invierno que en verano. Muchas personas creerían que no es así, pero, durante el año escolar, puedes conseguir desayuno y almuerzo gratis y, a veces, colaciones después de la escuela. El año pasado, suspendieron la escuela de verano porque no había dinero suficiente. De modo que eso significa que tampoco hay desayuno ni almuerzo.

En el centro comunal sí entregan comida gratis, pero queda muy lejos. A mi padre no le agrada ir ahí. Dice que no quiere quitarle la comida a gente que realmente la necesita. Pero yo pienso que es probable que no quiera ir porque la gente que está en la fila se ve muy triste y cansada.

Después del banco, fuimos a la tienda Best Buy.

Había dos largas hileras de televisores. Algunos eran enormes, más altos que Robin, y todos estaban sintonizados en el mismo canal. Supongo que hay muchos fanáticos de los Giants que trabajan en esa tienda.

Cuando Matt Cain lanzó una bola curva, veinte pelotas

volaron a través de veinte pantallas. El cielo de una TV era de un azul más profundo. El campo de juego de otra TV era de un verde más suave. Pero los movimientos eran todos iguales. Era como estar en la Casa de los Espejos de la feria del condado.

Muchas personas se detuvieron a ver el partido con nosotros. También los empleados cuando lograron dejar de atender por un rato. Cuando uno de ellos le dijo a papá si quería preguntarle algo acerca de los televisores, él dijo que solo estábamos mirando.

Durante la cuarta entrada, sucedió algo raro. Sumamente raro. En todos los demás televisores, había dos locutores sentados en una cabina. Usaban auriculares negros y estaban muy entusiasmados por un *triple play*, una jugada muy rara que permite hacer los tres *out* del *inning* en la misma secuencia.

En mi televisor, había dos locutores sentados en una cabina. Tenían auriculares negros y también estaban entusiasmados.

Pero en mi televisor, uno de los locutores era un gato. Un gato grande.

—Crenshaw —dije en voz baja.

Tenía la vista dirigida hacia mí y agitó la pata para saludarme.

Miré el televisor de mi papá. Miré a todos los demás televisores.

Ninguno de sus locutores era un gato gigante.

—Papá —susurré y la palabra se me atragantó.

—¿Viste esa jugada? —preguntó—. Increíble.

—La vi.

También vi algo más. Crenshaw ponía dos dedos en forma de cuernitos detrás de la cabeza del otro locutor.

Era raro, pensé, que un gato tuviera dedos. Había olvidado que Crenshaw tenía.

Era raro, pensé, que yo estuviera preocupado por eso.

—¿Lo viste? —pregunté con tono despreocupado—. ¿Al gato?

—¿Un gato? —repitió papá—. ¿En la cancha?

—El gato parado de cabeza —dije, porque eso era lo que estaba haciendo Crenshaw sobre el escritorio. Y además lo hacía muy bien.

Papá emitió una franca sonrisa.

—El gato parado de cabeza —repitió y miró mi televisor—. Claro.

—Solo estaba bromeando —comenté. La voz me temblaba un poquito—. Yo, eh... cambié de canal. Y pasaban la nueva propaganda de Friskies, la comida para gatos.

Papá me pasó la mano por el pelo y me miró. Me miró de verdad, de esa manera en que solo lo hacen los padres.

—¿Te sientes bien, amiguito? —preguntó—. Sé que anduvimos un poco enloquecidos últimamente.

No te imaginas cuánto, pensé.

Y esbocé una enorme sonrisa falsa que utilizo a veces con mis padres.

—Totalmente —dije.

Los Giants ganaron 6 a 3.

Capítulo **35**

Cuando el partido terminó, fuimos en el auto hasta Pet Food Express a comprar comida para Aretha. Durante todo el camino, pensé en Crenshaw.

Siempre hay una explicación lógica, me dije a mí mismo. *Siempre*.

Tal vez me había adormecido unos minutos y soñado con él.

O tal vez –solo tal vez– me estaba volviendo totalmente loco.

Una cosa era tener un amigo imaginario cuando eres muy pequeño. ¿Pero que uno aparezca ahora, a mi edad? ¿Cómo explicar algo así?

Papá estaba cansado por haber estado tanto tiempo de pie en Best Buy, de modo que le dije que yo iría a buscar el alimento de Aretha.

—La bolsa más pequeña y más barata —me recordó.

—La más pequeña y la más barata —asentí.

En el interior, estaba tranquilo y fresco. Pasé uno por uno todos los estantes de comida para perro. Algunos venían con pavo y arándanos. Otros tenían salmón, atún o búfalo para perros que eran alérgicos al pollo. Hasta tenían alimento para perros hecho de carne de canguro.

Cerca de la comida, vi un exhibidor con suéteres para perros. Decían cosas como HOT DOG o SOY UN BUEN PARTIDO. Junto a ellos, había arneses y collares brillantes para mascotas. *Aretha no se pondría algo así ni muerta*, pensé. A las mascotas no les interesan los brillos. Qué derroche de dinero.

Pasé delante de un exhibidor de galletas para perros con forma de huesos, gatos y ardillas. Tenían mejor aspecto que algunas galletas para humanos. Y luego, no sé por qué, mi mano comenzó a moverse y tomó una de esas estúpidas galletas.

Una con forma de gato.

Antes de que me diera cuenta, la galleta estaba en mi bolsillo.

Un poco más adelante del pasillo, un empleado se encontraba arrodillado frente a los juguetes para perros. Estaba limpiando pis de perro mientras el cachorrito blanco y negro de un cliente le lamía la cara.

—Los collares están a mitad de precio —me avisó.

Primero me quedé congelado y después le dije que solo estaba mirando. Me pregunté si me habría visto tomar la galleta. Parecía que no, pero no podía estar seguro.

—¿Sabes algo? Los científicos descubrieron que es

posible que los perros realmente se rían –observé. Las palabras brotaban con rapidez, como los centavos de un bolsillo agujereado–. Es un ruido que hacen cuando están jugando. No es exactamente un jadeo, es más como un soplido, o algo así. Pero piensan que puede ser una risa perruna.

–Increíble –comentó el empleado. Sonaba malhumorado, tal vez porque el cachorrito acababa de hacerle pis en el zapato.

El perrito corrió deprisa hacia mí y me acercó el hocico. Arrastraba a un chico que parecía tener cuatro años y que llevaba pantuflas de dinosaurio. La nariz le moqueaba terriblemente.

–Está moviendo la cola –dijo el chico–. Le agradas.

–Leí en algún lado que, cuando la cola de un perro se mueve hacia su derecha, significa que está contento por algo –señalé–. Hacia la izquierda, no tanto.

El empleado se puso de pie. Sostenía el conjunto de toallas de papel con la mano estirada como si fueran desechos radiactivos.

Me obligué a mirarlo a los ojos. Me sentía caliente y tembloroso.

–¿Dónde está el Dog Chow? ¿El que viene en una bolsa roja con rayas verdes? –pregunté.

–Pasillo nueve.

–Sabes mucho de perros –me dijo el niñito.

–Voy a ser científico de animales –le conté–. Tengo que saber mucho.

–Estoy resfriado pero, por suerte, no tengo infección de

garganta –aclaró el chico mientras se limpiaba la nariz con el dorso de la mano–. Mi mamá está comprando comida para King Kong. Es un cobayo.

–Buen nombre.

–Y este es Turbo.

–También es un buen nombre.

Metí la mano en el bolsillo y toqué la galleta.

Me ardieron los ojos y la vista se me nubló. Me soné la nariz.

–¿Tú también estás resfriado? –preguntó.

–Algo así –respondí. Dejé que Turbo me lamiera la mano y me encaminé hacia la parte de atrás.

–Me parece que está moviendo el rabo hacia la derecha –me gritó.

Capítulo 36

La primavera pasada fue la primera vez en mi vida que robé algo. Sin contar el desafortunado incidente con la goma de mascar yo-yo cuando tenía cinco años y no estaba en mi sano juicio.

Fue sorprendente lo bueno que resulté.

Es como cuando descubres que tienes un talento inusual. Poder lamerte el codo, por ejemplo. O mover las orejas.

Me sentí como si fuera un mago. Ahora la ves, ahora no la ves. ¡Observa cómo el Mago Jackson hace aparecer una moneda detrás de tu oreja! ¡Observa cómo desaparece este trozo de goma de mascar delante de tus ojos!

La goma de mascar es más difícil de lo que se creería. Tiene el tamaño perfecto para meterla en el bolsillo, pero suele estar cerca de la caja. De modo que es fácil que un empleado se dé cuenta de que andas en algo raro.

Solo había robado cuatro veces. Dos para conseguir

comida para Robin y una para conseguir goma de mascar para mí.

Y ahora la galleta de perro.

Me inicié con frascos de comida para bebés. Aunque tenía cinco años, a Robin le gustaba comerlos de vez en cuando. Para colmo, no le agradaban los de frutas sino los de carne apestosa.

No me pregunten por qué: nunca entenderé a esa chica.

Nos habíamos detenido en un supermercado Safeway porque Robin tenía que ir al baño. Ella quería comer algo, pero mi mamá le dijo que esperara hasta más tarde. Mientras ellas se fueron al baño, yo vagué por los pasillos para matar el tiempo.

Y entonces vi la comida para bebés Gerber y deslicé dos frascos de pollo con arroz en los bolsillos, con toda tranquilidad.

Nadie pareció notarlo. Es probable que fuera porque nadie iba a pensar que un chico de mi edad robara algo que parecía moco marrón.

En el pasillo siguiente, pasé junto a un chico de la escuela que estaba con su papá. Paul algo. Él empujaba el carrito de las compras. Llevaban un paquete gigante de papas fritas de barbacoa, esas bebidas de limón que vienen en cajitas y una bolsa enorme de manzanas rojas. Los saludé con la mano de manera muy natural. No fue un saludo que dijera que no estaba en mi sano juicio ni nada de eso y Paul me devolvió el saludo.

Crucé la puerta con Robin y mamá. Sin problemas. No

me cayó ningún rayo ni aparecieron zumbando los autos de la policía con sirenas aullando como coyotes.

Más tarde, en casa, fingí encontrar los frascos en el fondo de un armario. Mamá estaba realmente feliz y Robin también.

Estaba admirado de lo fácil que me resultaba mentir. Fue como abrir un grifo. Las palabras brotaban velozmente, sin problemas.

Me sentí culpable de no sentirme culpable. Había robado. Me había llevado algo que no me pertenecía. Era un delincuente.

Pero me dije a mí mismo que la naturaleza se regía por la supervivencia de los más aptos. O comes o te comen. O matas o te matan.

En las películas sobre la naturaleza, se dice mucho eso, justo después de que el león se come a la cebra.

Por supuesto que yo no era un león. Yo era una persona que podía distinguir lo que estaba bien de lo que estaba mal. Y robar estaba mal.

Pero la verdad era esta: me sentía horrible por lo del robo, pero me sentía todavía peor por la mentira.

Si les gustan los hechos como a mí, intenten mentir alguna vez. Se sorprenderán de lo difícil que es.

De todas maneras, aunque me sentía muy mal, había solucionado un problema.

Robin se devoró el menjunje de pollo con arroz con tanta rapidez que devolvió casi todo sobre mi libro de guepardos. Supuse que tal vez ese era mi castigo.

Capítulo

Cuando regresamos a casa después de haber ido a la tienda de mascotas, fui a mi habitación con cierta esperanza de ver a Crenshaw holgazaneando sobre mi cama. Pero, en cambio, encontré a Aretha. Tenía el hocico enterrado dentro de mi bolsa de recuerdos y expresión de culpabilidad en la cara. Estaba seguro de que tenía algo en la boca, pero no podía ver qué era.

–Déjame ver –le dije y saqué la galleta robada del bolsillo, que estaba un poco aplastada de un lado. Se la mostré para que soltara lo que tenía en la boca y agarrara la galleta, pero no se mostró interesada.

Probablemente no quería comer productos robados.

Arrastrando la cola, se escabulló hacia la puerta de mi habitación y pude ver lo que aferraba entre los dientes: la estatua de arcilla de Crenshaw, que yo había hecho.

–¿Para qué quieres eso? No te va a gustar –le dije, pero

ella pareció no estar de acuerdo. Apenas estuvo fuera del dormitorio, galopó por el pasillo y rasguñó con insistencia la puerta del frente.

–¿Afuera, bebita? –preguntó Robin. Giró el picaporte y Aretha salió volando como un cohete.

–¡Aretha! ¡Detente! –grité mientras buscaba la correa. Generalmente, me esperaba junto a la puerta, sacudiendo la cola con ilusión. Pero hoy no.

Se dirigía directamente a la casa de Marisol, que estaba a media manzana, sobre la misma calle. Aretha adoraba a Marisol y adoraba particularmente a sus siete gatos, a quienes les agradaba tomar sol en la galería de atrás de la casa.

Encontré a la perra en el viejo arenero de Marisol. Ella ya no lo usaba, pero a Aretha le encantaba jugar ahí. Estaba cavando un hoyo y la arena salía volando hacia el cielo como el rocío de un aerosol.

Aretha era experta en cavar. Había enterrado dos cuencos de agua, el control remoto de un televisor, una caja de pizza, una bolsa Zip-Lock de Legos, tres Frisbees y dos de mis carpetas de tarea escolar. Claro que mis maestros no me creyeron cuando les expliqué.

Marisol llevaba sandalias de goma y sus pijamas con ovejitas. Le encantaban los pijamas. En el primer curso, iba en pijama a la escuela todos los días hasta que el director le dijo que estaba dando mal ejemplo.

En la mano izquierda, sostenía un gran serrucho y tenía el pelo cubierto de aserrín. Casi siempre olía a madera recién cortada.

A Marisol le encantaba construir cosas, especialmente para animales, aves y reptiles. Hacía refugios para murciélagos y casitas para pájaros. Cajas para transportar perros y trepadoras para gatos; hábitats para cobayos y casitas para hurones.

En el fondo de su jardín cercado, había tablas, un caballete y una gran sierra circular. En el suelo, había algo parecido a una casita a medio construir. Era para uno de sus gatos.

–Hola –la saludé.

–Hola –respondió–. ¿Estás listo para la venta que harán el domingo?

–Supongo que sí.

–Aretha me trajo esto –dijo y señaló la estatua de Crenshaw, que se encontraba encima de la mesa para picnic–. La dejó justo a mis pies.

–La hice cuando era pequeño –comenté encogiéndome de hombros–. Es horrible.

–Si tú la hiciste, no es horrible –señaló. Luego apoyó el serrucho y examinó la estatua.

Aretha dejó de cavar y nos miró esperanzada. Tenía la cara cubierta de arena, la lengua colgando de costado.

–Es un gato –dijo Marisol mientras le quitaba un poco de hierba que estaba pegada a la base–. Un gato de pie con una gorra de béisbol. Me gusta. Me gusta mucho.

Las manos en los bolsillos, me encogí de hombros.

–¿Era para la venta? –preguntó–. ¿Cuánto cuesta?

–No está en venta. Aretha la tomó de una bolsa con cosas mías. Eso es todo.

—Tengo tres dólares.

—¿Por eso? —reí—. Es solamente un trozo de arcilla. Un trabajo de la escuela.

—Me gusta. Es... interesante —metió la mano en el bolsillo del pijama y me extendió un fajo de billetes que parecía haber pasado por la lavadora.

—Quédatelo —dije—. Tómalo como un regalo de despedida.

Abrió los ojos desmesuradamente.

—¿Qué estás diciendo, Jackson? ¿Tú no...?

Agité la mano.

—No. Seguramente no sea nada. Mis padres se están portando de manera muy rara, como suelen hacerlo.

No era la verdad. No toda. Pero tampoco dejaba de serlo.

—Más vale que no te vayas. Te extrañaría demasiado. ¿Quién me ayudaría con Beethoven? Y, de todas maneras, me encantan tus padres raros.

No respondí.

—Mañana tenemos a los dachshund —recordó.

—Sip —señalé la diminuta escalera en zigzag que estaba construyendo—. ¿Para dónde es?

—Para el viejo dormitorio de Antonio, cuando se vaya a la universidad en el otoño. O tal vez para el de Luis. Su habitación está llena de cajas.

—Es como si fueras una hija única —dije.

—Es más bien aburrido —comentó, colocando un mechón de pelo detrás de la oreja—. No hay con quién pelearse. La casa está demasiado tranquila.

—Suena bien.

—A mí me gusta tu casa. Siempre pasa algo. A veces nos quedamos solas Paula y yo durante días –puso los ojos en blanco.

El papá de Marisol era vendedor y la mamá piloto. Como viajaban mucho, Paula, una mujer de más edad, se quedaba a menudo con ella. Marisol se negaba a llamarla "niñera", "babysitter" o "cuidadora". Era simplemente "Paula".

Tomó un metro para ver la altura de la escalera que estaba haciendo.

—Voy a pegar esta escalera a la pared. ¿Ves? ¿Te gusta? Y luego pondré estantes bien altos para que los gatos trepen. Será el paraíso gatuno.

—Hablando de gatos –me incliné para llenar el agujero que Aretha había hecho. La arena era suave y seca–. ¿Alguna vez te conté...? –vacilé y luego proseguí–. ¿Alguna vez te conté que tenía un amigo imaginario cuando era pequeño?

—¿En serio? Yo también. Se llamaba Woops. Era pelirroja y terriblemente traviesa. Yo la culpaba por todo. ¿Quién era tu amigo imaginario?

—Era un gato. Un gato grandote. No lo recuerdo mucho.

—No deberías olvidar a tu amigo imaginario.

—¿Por qué?

—¿Y si un día lo necesitas? –Marisol buscó un trozo de madera–. Yo recuerdo perfectamente a Woops. Le gustaban los repollitos de Bruselas.

—¿Por qué? –fingí que sentía náuseas.

—Probablemente porque a mí me gustaban los repollitos de Bruselas.

—Nunca me lo contaste. Voy a tener que reconsiderar nuestra amistad.

—¿Por Woops o por los repollitos de Bruselas? —preguntó mientras arrancaba un clavo de la tabla con el martillo—. Ah, tengo un nuevo dato sobre murciélagos. En Austin, Texas, tienen la colonia urbana de murciélagos más grande del mundo. Son como un millón y medio. Cuando salen a volar por la noche, se pueden ver en las pantallas de los radares del aeropuerto.

—Genial —comenté—. A la Srta. Malone le encantaría ver eso.

Marisol y yo tuvimos a la Srta. Malone en cuarto curso. Enseñaba todas las asignaturas, pero Ciencia era la que más le gustaba de todas. Especialmente Biología.

Charlamos sobre murciélagos mientras Aretha cavaba otro hoyo. Finalmente, dije:

—Bueno, tengo que irme.

Le coloqué la correa a Aretha, que me lamió la mejilla con la lengua llena de arena. Se parecía a la de un gato.

—¿Alguna vez Woops... ya sabes? —me obligué a formular la pregunta—. ¿Alguna vez volvió una vez que superaste esa etapa?

Marisol no respondió enseguida. A veces, esperaba un rato para responder una pregunta, como si necesitara un poco de tiempo para familiarizarse con ella.

—Desearía *mucho* que volviera —dijo mirándome fijamente—. Creo que te agradaría.

Asentí.

—Sí. Supongo que podría pasar por alto el tema de los repollitos de Bruselas.

—¿Jackson?

—¿Sip?

—¿No vas a mudarte realmente, no?

Analicé su pregunta de la misma manera que ella había analizado la mía.

—Probablemente no —respondí, porque era una respuesta fácil, y era la única que podía dar.

Aretha y yo casi habíamos llegado al jardín del frente, cuando Marisol gritó:

—Hay que ponerle un nombre.

—¿Te refieres a la estatua?

—Sí. Algo único.

—¿Cómo quieres que se llame? —pregunté.

No respondió enseguida; se tomó su tiempo.

Finalmente, dijo:

—Crenshaw sería un buen nombre para un gato, creo.

Capítulo

Crucé la calle. Dos veces miré hacia atrás.

Marisol me saludaba con la mano.

Crenshaw.

Debió haber estado escrito en la parte de abajo de la estatua. Por mi mamá, mi maestra o por mí.

Siempre hay una explicación lógica, me dije a mí mismo.

Siempre.

Capítulo 39

Esa noche, me senté sobre el colchón y observé lo que había quedado de mi habitación. Mi antigua cama con la forma de un auto rojo de carrera, que me había quedado chica hacía siglos, estaba desarmada. Una etiqueta en el respaldo decía **$25** O LA MEJOR OFERTA. Las marcas en la alfombra eran un indicio de lo que solía haber en cada lugar. Un cubo, donde debería haber estado mi mesa de luz. Un rectángulo, donde solía estar mi armario.

Después de que Robin se durmió, papá y mamá vinieron a mi dormitorio.

—¿Cómo va todo, amigo? —preguntó mi padre—. Mucho más espacioso, ¿no?

—Es como estar de campamento —dije.

—Sin los mosquitos —acotó mamá mientras me alcanzaba una taza de plástico con agua. Yo la dejaba junto a la cama por si tenía sed en medio de la noche. Mamá venía haciendo eso desde que yo tenía memoria. La taza, con una imagen descolorida de Thomas y sus amigos, debía ser casi tan vieja como yo.

Papá tocó el colchón con el bastón.

–Para la próxima cama, buscaremos algo más serio.

–No será un auto de carrera –concordó mamá.

–Tal vez un Volvo –sugirió papá.

–¿Qué tal una cama normal? –pregunté.

–Totalmente –mamá se inclinó y pasó los dedos por mi cabello–. Una cama normal.

–Seguramente sacaremos un poco de dinero con la venta –dijo papá–. Eso ya es algo.

–Son solo cosas –comentó mamá en voz baja–. Siempre podemos conseguir otras nuevas.

–Está bien. Me agrada tener más espacio –dije–. Y creo que a Aretha también. Y Robin puede practicar batear sin destrozar nada.

Mis padres sonrieron. Por unos segundos, nadie habló.

–Muy bien. Ya nos vamos –anunció mamá.

Mientras se daba vuelta para irse, papá dijo:

–¿Sabes algo, Jackson? Eres una gran ayuda. Nunca te quejas y siempre estás dispuesto a colaborar. Valoramos mucho eso.

Mamá me sopló un beso.

–Es realmente increíble –coincidió y le hizo un guiño a papá–. Tengámoslo cerca.

Cerraron la puerta. Me había quedado una sola lámpara. La luz dibujaba un ceño fruncido color amarillo en el suelo.

Cerré los ojos e imaginé todas nuestras pertenencias desparramadas sobre el jardín al día siguiente. Por supuesto que mi mamá tenía razón. Solo eran cosas. Trozos de plástico, de madera, de cartón y de acero. Montones de átomos.

Sabía muy bien que había personas en el mundo que no tenían juegos como el Monopoly ni camas con forma de autos de carrera. Yo tenía un techo sobre mi cabeza. Tenía comida casi siempre. Tenía ropa, mantas, un perro y una familia.

Aun así, sentía que había algo retorcido en mi interior, como si me hubiera tragado una cuerda con nudos.

No era por quedarme sin mis cosas.

Bueno, está bien. Quizá eso tenía algo que ver.

No era por sentirme distinto de otros chicos.

Bueno, está bien. Quizá eso también tenía que ver.

Sin embargo, lo que me molestaba más era que no podía hacer nada. No podía controlar nada. Era como conducir un autito chocador sin volante. Recibía un golpe tras otro y lo único que podía hacer era quedarme sentado y sujetarme fuerte.

Bum. ¿Tendríamos suficiente para comer mañana? *Bum*. ¿Podríamos pagar el alquiler? *Bum*. ¿Iría a la misma escuela en el otoño?

Bum. ¿Ocurriría otra vez?

Respiré profundamente. Adentro, afuera. Adentro, afuera. Abrí y cerré los puños. Traté de no pensar en Crenshaw en el televisor o en la galleta de perro que había robado.

A continuación, de la misma forma en que había agarrado esa galleta, sin entender el motivo, sin pensar en las consecuencias, sin ninguna *razón*, tomé la taza y la arrojé contra la pared.

Bum. Se deshizo en pedacitos de plástico rajado. Me gustó el ruido que hizo.

Esperé que mis padres regresaran, que me preguntaran qué pasaba, que me gritaran por haber roto algo. Pero no vino nadie.

El agua chorreó por la pared y se fue borrando lentamente como un viejo mapa de un río lejano.

Me desperté a la noche, sudoroso y sobresaltado. Había estado soñando algo acerca de un gato gigante y parlanchín con una barba de espuma.

Oh.

Aretha, a quien le agrada compartir mi almohada cuando lo consigue, estaba babeando sobre la funda y agitaba las patas mientras dormía. Me pregunté si estaría soñando con Crenshaw. Había demostrado claramente que le gustaba.

Un momento. Sentí que mi mente se detenía súbitamente, como el personaje de un dibujo animado a punto de despeñarse por un precipicio.

Aretha había visto *realmente* a Crenshaw.

Por lo menos, había reaccionado ante él. Había tratado de lamerlo, de jugar con él, había presentido que estaba ahí.

Los perros tienen los sentidos sumamente desarrollados. Pueden reconocer cuando una persona está por tener una convulsión. Pueden captar sonidos cuando nosotros no escuchamos más que silencio. Pueden desenterrar un trozo de salchicha sepultada en el fondo del bote de basura de un vecino.

Pero por más increíbles que pudieran ser los perros, no podían ver al amigo imaginario de una persona. No podían meterse de un salto en la mente de su dueño.

Entonces, ¿eso significaba que Crenshaw era real? ¿O Aretha estaba respondiendo simplemente a mi lenguaje corporal? ¿Podía darse cuenta de que estaba volviéndome loco? ¿O acaso pensó que yo había inventado un juego totalmente nuevo llamado "Juguemos con el gato invisible gigante"?

Intenté recordar cómo se había comportado cuando vivíamos en la camioneta. ¿Había sentido la presencia de Crenshaw en ese entonces?

No podía recordarlo. No quería recordarlo.

Me tapé la cara con la almohada babosa y traté de volverme a dormir.

Capítulo 41

–Croac –escuché.

Cuando abrí los ojos, tenía una rana en la frente.

Me resultó familiar, como la visitante del alféizar de la ventana que Crenshaw había querido comerse.

Giré la cabeza y la rana se fue de un salto. Cerca de mí, había un gato de tamaño humano. Arriba de Crenshaw, había una perra de tamaño mediano. Y encima de Aretha se encontraba la rana.

Dos de los tres roncaban.

Me apoyé en los codos y parpadeé. Luego parpadeé una vez más.

Había dejado la ventana entreabierta. Eso explicaba la presencia de la rana, pero no la del gato.

–Regresaste –dije.

–Buen día –murmuró Crenshaw, los ojos todavía cerrados. Colocó las patas alrededor de Aretha y se acurrucó más cerca.

—Solo dime una cosa —le pedí mientras me bajaba gateando del colchón y me estiraba—. ¿Cómo me libro de ti para siempre?

—Estoy aquí para ayudarte —dijo con un bostezo. Sus dientes eran como cuchillitos.

Apoyó una de las orejas aterciopeladas de Aretha sobre sus ojos para taparse del sol.

—¿Qué quisiste decir con eso de que debía decir la verdad? —pregunté.

—La verdad es importante para ti —respondió—. Entonces es importante para mí. Ahora, por favor, permíteme proseguir con mi sueño.

—¿Eres mi conciencia? —inquirí.

—Depende. ¿Te gustaría que lo fuera?

Revisé mi armario por si acaso había una gigantesca e invisible zarigüeya o rata o algo acechando ahí dentro.

—No —repliqué—. Me estoy arreglando muy bien por mi cuenta.

—¿En serio? —exclamó—. ¿Y entonces qué hace esa fea y abominable galleta para perros en el suelo?

La galleta. Aretha todavía no la había comido.

La arrojé por la ventana. Tal vez a las ardillas no les importaría comer algo robado.

—¿Recuerdas cuando robaste la goma de mascar cuando tenías cinco años? —preguntó.

—Cuando mis padres me descubrieron, traté de echarte la culpa.

—Todos siempre le echan la culpa al amigo imaginario.

—Luego mis padres me obligaron a devolverla a la tienda y pedir disculpas.

—Creo que entiendes hacia dónde va todo esto —otro bostezo—. Ahora, si no te importa, me echaré una siestita.

Lo observé. Me hacía sentir irritado, desconcertado y bastante loco. De una manera o de otra, tenía que sacarlo de mi vida.

—Por cierto —comenté antes de irme del dormitorio—, estás abrazado a una perra.

No vi lo que sucedió después, pero escuché un bufido y un aullido. Aretha pasó junto a mí a toda velocidad.

Se escondió debajo de la mesa de la cocina durante una hora.

Capítulo 42

Vender tus pertenencias en el jardín de tu vivienda es una extraña experiencia. Es como andar con la ropa al revés. La ropa interior arriba de los jeans, los calcetines arriba de los zapatos. Todas las cosas del interior de tu apartamento se encuentran desparramadas por el jardín de tu casa para que todo el mundo las vea y las toque. Gente desconocida toquetea la lámpara que solía estar en tu mesa de luz. Hombres sudorosos se sientan en el sillón preferido de tu padre. Todo tiene etiquetitas. Cinco dólares por tu viejo triciclo que todavía tiene estrellitas. Cincuenta centavos por un juego de mesa.

Era un soleado domingo por la mañana. Muchos vecinos hacían sus propias ventas también. Casi parecía una fiesta. Mamá se sentó en una mesa con una cajita para guardar el dinero. Papá se paseaba por el lugar mientras la gente regateaba con él y decía qué tal dos dólares en lugar de tres.

Cuando se cansó de tanto caminar, se sentó en una silla plegable y se puso a tocar la guitarra y cantar. A veces, mi mamá cantaba con él.

Mi tarea principal era transportar las cosas a los autos de los compradores y vigilar a Robin, que empujaba una vieja carretilla que tenía pegada una etiqueta que decía $4. Adentro, llevaba su cesto con los conejitos azules, que mis padres le habían prometido que podía conservar.

No era tan malo mirar cómo se vendían nuestras cosas. Me dije que cada dólar que conseguíamos era algo bueno y que no eran más que cosas sin importancia. Y era agradable estar con nuestros vecinos y amigos bebiendo limonada, y conversando y cantando con mis padres.

Alrededor del mediodía, habíamos vendido casi todo. Mamá contó el dinero, lo miró a papá, desalentada, y sacudió la cabeza.

—No está ni cerca de lo que necesitamos —dijo en voz baja.

Antes de que pudiera responder, un hombre delgado con coleta se acercó a mi papá. Sacó un elegante tarjetero de cuero y le preguntó si su guitarra estaba a la venta.

Papá y mamá intercambiaron una mirada.

—Podría estar, supongo —respondió mi padre.

—Yo tengo otra que también está a la venta —agregó mamá rápidamente—. Está en el apartamento.

Papá levantó su guitarra. Los rayos del sol rebotaron sobre la madera color miel.

—Es una belleza —comentó—. Tiene mucha historia.

—Papá —exclamé—, no puedes vender tu guitarra.

—Siempre hay otra guitarra a la vuelta de la esquina, Jacks —repuso sin atreverse a enfrentar mi mirada.

Robin se acercó corriendo. Seguía arrastrando la carretilla, que nadie había comprado.

—¡No puedes venderla! —gritó—. ¡Le pusieron el nombre de Jackson!

—En realidad —corregí—. A mí me pusieron el nombre de la guitarra.

—No importa —los ojos de Robin estaban llenos de lágrimas—. Es un recuerdo para conservar. Tome, señor. Puede quedarse con mi cesto de basura gratis. En vez de la guitarra.

Colocó el cesto con fuerza en las manos del hombre.

—Yo, eh... —comenzó a decir el sujeto—. Yo... es un cesto de basura sensacional, cariño. Me encantan los... conejitos. Pero me dedico más a comprar guitarras.

—Ninguna guitarra, de ninguna manera —dijo Robin.

Papá lo miró al hombre y se encogió de hombros con expresión de impotencia.

—Lo siento, viejo —se disculpó—. Ya escuchaste a la dama. Te digo algo, ¿por qué no me das tu número de teléfono? En caso de que cambiemos de opinión. Te acompaño hasta el auto.

Juntos, mi papá y el hombre se encaminaron hacia un elegante auto negro. Papá arrastraba un poco el pie izquierdo. Es algo normal al tener Esclerosis Múltiple.

Intercambiaron trozos de papel, hablaron y asintieron. El hombre delgado se marchó con el auto y, de alguna manera, supe que el cambio de opinión de mi padre ya era un hecho.

Capítulo 43

Aproximadamente una hora después, el casero vino a nuestro apartamento. Tenía un sobre en la mano. Abrazó a mi madre y le estrechó la mano a mi padre y dijo que deseaba que las cosas fueran distintas.

Yo sabía qué era el papel, porque podía ver lo que estaba escrito arriba.

Decía AVISO DE DESALOJO, lo cual significaba que teníamos que dejar el apartamento.

Papá se apoyó contra la pared. Ya no había dónde sentarse.

—Chicos —anunció—. Parece que vamos a tener que ir a dar un paseíto.

—¿A lo de la abuela? —preguntó Robin.

—No exactamente —dijo mamá y cerró el armario de un portazo.

Papá se arrodilló junto a Robin. Tuvo que usar el bastón para no perder el equilibrio.

—Tenemos que mudarnos. Pero será divertido. Ya lo verás.

Los ojos de Robin me atravesaron.

—Tú dijiste que todo estaría bien, Jacks —señaló—. Me mentiste.

—No mentí —mentí.

—Robin, Jackson no tiene nada que ver con esto —explicó mamá—. No lo culpes a él, cúlpanos a nosotros.

No me quedé a escuchar más. Corrí a mi habitación. Crenshaw estaba tumbado en mi cama.

Me senté junto a él y, cuando hundí la cabeza en su pelaje, no se resistió y ronroneó con fuerza.

Lloré un poquito, pero no demasiado. ¿Qué sentido tenía?

Una vez leí un libro que se llamaba *Por qué ronronean los gatos y otros misterios felinos*. Resulta que nadie sabe con seguridad por qué ronronean.

Es sorprendente cuántas cosas no saben los adultos.

Capítulo  44

A las cuatro de la tarde, Marisol vino hasta la puerta de mi apartamento. Llevaba sandalias de goma y pijamas floreados. Traía con ella a Helmut y a Helga, los dachshund de los Gouchers.

–¿Te olvidaste? –preguntó–. Se suponía que íbamos a encontrarnos.

Me disculpé y tomé la correa de Helmut. Cuando comenzamos a andar por la acera, me sorprendió ver a Crenshaw caminando delante de nosotros. Aunque la sorpresa habría sido mayor si eso hubiera ocurrido uno o dos días antes. Pero de todas maneras, ahí estaba, deslizándose sobre sus patas traseras, haciendo alguna ocasional medialuna o parándose de cabeza.

No sabía cómo contarle a Marisol que nos marchábamos. Nunca le había hablado de nuestros problemas de dinero, aunque es probable que lo hubiera adivinado por el

163

hecho de que yo nunca le ofrecía nada de comer cuando venía a casa o porque mi ropa siempre me quedaba un poco chica.

No era exactamente mentir. Lo que en realidad hacía era omitir algunos hechos y concentrarme en otros.

No quería hacerlo, obviamente. Me gustaban los hechos. Y a Marisol también. Pero a veces los hechos eran muy difíciles de compartir.

Decidí contarle a Marisol algo acerca de un pariente enfermo, que teníamos que ir a cuidarlo y que había surgido de manera repentina. Pero justo cuando comenzaba a hablar, Crenshaw se inclinó y me susurró al oído.

—La verdad, Jackson.

Cerré los ojos con fuerza y conté hasta diez. Lentamente.

Diez segundos me pareció la cantidad de tiempo necesaria para recuperar la cordura.

Y después le conté todo a Marisol. Le expliqué que había estado muy preocupado, que a veces teníamos hambre y le hablé del miedo que tenía de lo que podía pasar próximamente.

Nos dirigimos hacia el patio de juegos de la escuela. Crenshaw se nos adelantó y se lanzó a toda velocidad por el tobogán. Cuando llegó al suelo, me miró y movió la cabeza en señal de aprobación.

Y luego, no sé por qué, le conté a Marisol una cosa más. Le hablé de Crenshaw.

Capítulo 45

Esperé que me dijera que estaba chiflado.

–Mira –Marisol se arrodilló para rascar a Helga detrás de la oreja–. No sabemos todo. Yo no sé por qué mis hermanos sienten la necesidad de eructar todo el abecedario. Tampoco sé por qué me gusta construir cosas. No sé por qué no existen M&M del color del arcoíris. Jackson, ¿por qué tienes que entender todo? A mí me gusta no saber todo. Hace que el mundo sea más interesante.

–La ciencia trabaja con hechos. La vida está compuesta por hechos. Crenshaw no es un hecho –me encogí de hombros–. Si entiendes cómo sucede algo, entonces puedes hacer que suceda otra vez. O que no suceda.

–¿Quieres que Crenshaw se marche?

–Sí –respondí con voz fuerte. Y luego más suavemente–: No. No lo sé.

Marisol sonrió.

—Desearía poder verlo.

—Negro, blanco, peludo —dije—.Terriblemente alto.

—¿Qué está haciendo en este momento?

—Lagartijas con una sola mano.

—¿En serio?

—En serio. Mira, yo sé a qué suena todo esto —refunfuñé—. Está bien. Ve nomás. Puedes llamar a un psiquiatra. Haz que me internen.

Marisol me dio un golpe en el hombro. Con fuerza.

—¡Auch! —grité—. ¡Ey!

—Me estás enojando —comentó—. Mira, si estuviera preocupada por ti, te lo diría. Soy tu amiga. Y no creo que te estés volviendo loco.

—¿Crees que es normal tener un gatito gigante dándose baños de espuma en tu casa?

Marisol frunció los labios como si acabara de morder un limón.

—¿Recuerdas en segundo curso cuando vino ese mago a la feria de la escuela?

—Era malísimo.

—¿Recuerdas que fuiste detrás del escenario para averiguar cómo hacía para hacer aparecer al conejo? ¿Y luego se lo contaste a todos?

Esbocé una amplia sonrisa.

—Lo descubrí enseguida.

—Pero le quitaste la magia, Jackson. A mí me agradaba pensar que ese conejito gris y blanco aparecía en el sombrero de ese hombre. Me gustaba creer que era magia.

—Pero no era. El sombrero tenía un agujero y...

Marisol se tapó los oídos.

—¡No me importaba! —gritó y volvió a pegarme—. ¡Y sigue sin importarme!

—Auch —exclamé—. Otra vez.

—Jackson —dijo Marisol—, trata de disfrutar la magia mientras puedas. ¿De acuerdo?

Caminamos por nuestra ruta habitual. Pasamos delante de la placita con la fuente, por la bicisenda por la que yo había andado un millón de veces, en la época en que tenía bicicleta.

Pasamos por el lugar donde me rompí el brazo haciendo una *wheelie* y por delante del cartel que decía Bienvenidos a Lago de los Cisnes.

—Leí que los cisnes permanecen juntos de por vida —señaló Marisol.

—Normalmente —agregué—. No siempre.

—Tú y yo seremos amigos de por vida —dijo Marisol. Lo declaró como si fuera un dato más de la naturaleza. Como si hubiera dicho "El césped es verde".

—Yo ni siquiera sé adónde irá mi familia.

—No importa. Puedes enviarme postales, escribirme emails desde la biblioteca. Ya encontrarás la manera.

Le pegué una patada a una piedra.

—Estoy contento de haberte contado sobre Crenshaw —afirmé—. Gracias por no reírte.

—*Casi* puedo verlo —dijo Marisol—. Está dando saltos mortales hacia atrás en el jardín delantero de mi casa.

–Para ser exacto, está haciendo *splits* delante del garaje.

–Dije que *casi* podía verlo –me sonrió–. Un dato curioso, Jackson: no puedes ver las ondas de sonido pero puedes escuchar música.

Capítulo  46

A la hora del atardecer, Crenshaw y yo salimos al jardín trasero. A él le gustaba la noche.

Le gustaba que las estrellas se tomaran su tiempo para aparecer. Le gustaba que el césped soltara el calor del sol. Le gustaba el cambio de tonada de los grillos.

Pero más que nada, le gustaba comérselos.

–No puedo entenderlo. ¿Cómo puedes haber regresado? –susurré. No quería que mi familia me escuchara hablarle al aire.

–Siempre vengo cuando me llaman –respondió.

–Pero yo no te llamé.

–¿Estás seguro? –preguntó.

Nos tumbamos sobre el césped. Yo me puse de espalda y Crenshaw de costado. Aretha estaba cerca, mordisqueando una pelota de tenis. Cada tanto, levantaba la vista, ladeaba las orejas y olfateaba el aire.

Resultaba agradable conversar mientras se hacía de noche. Casi me hacía olvidar que nos marchábamos al día siguiente.

Crenshaw atrapó un grillo bajo su enorme pata.

Le conté que, en China, se creía que los grillos traían suerte.

—En Tailandia creen que los grillos son deliciosos —comentó. Su cola serpenteó y giró como un lazo en un rodeo—. Y también en *gatolandia*.

Mastiqué una brizna de hierba. Me ayudaba a olvidar que tenía hambre.

—¿Cómo lo sabes?

Me echó una rápida mirada.

—Yo sé todo lo que tú sabes. Así funcionan los amigos imaginarios.

—¿Sabes cosas que yo no sé?

—Bueno, sé cómo es la vida de un amigo imaginario —golpeó a una polilla con la otra pata delantera. La polilla revoloteó sobre su cabeza como si estuviera riéndose de él.

—Odio a las polillas —señaló—. Son mariposas petulantes.

—No sé qué quiere decir eso.

—Aspirantes a mariposas.

—Si sabes todo lo que yo sé, ¿cómo es que conoces palabras que yo no sé?

—Han pasado tres años, Jackson. Un gato puede aprender mucho en ese tiempo. El mes pasado, leí el diccionario cuatro veces.

Intentó pegarle otra vez a la polilla pero falló.

—Solías ser más rápido —señalé.

—Solía ser más pequeño —repuso y se lamió la pata.

—Hace tiempo que quería preguntarte por qué ahora eres tan grande. No eras así cuando yo tenía siete años.

—Ahora necesitas un amigo más grande —afirmó.

Mamá pasó caminando con una caja de ropa para poner en la camioneta.

—¿Jackson? —preguntó—. ¿Te encuentras bien?

—Sip.

—Me pareció que estabas hablando con alguien.

Le eché un vistazo a Crenshaw.

—Solo hablaba conmigo mismo. Tú me conoces.

Mamá sonrió.

—Un excelente compañero de conversación.

—¿Necesitas ayuda?

—Nop. En realidad, no hay mucho para empacar. Gracias, mi amor.

Crenshaw levantó la pata y el grillo luchó para liberarse. La pata volvió a bajar. No fue suficiente como para matar al pobre insecto, pero sí para fastidiarlo.

—¿Alguna vez te sientes culpable por la manera en que los gatos torturan a otros animales? ¿Insectos, ratones, moscas? —pregunté—. Sé que es por instinto, pero aun así.

—Por supuesto que no. Es lo que nosotros hacemos. Estamos practicando cazar —levantó la pata y, esta vez, el grillo se escapó deprisa—. Además, tú eres quien me hizo gato.

—No recuerdo haber decidido eso. Fue algo que simplemente... sucedió.

Aretha dejó caer la pelota delante de Crenshaw, que la olfateó con desdén.

—Los gatos no juegan —le dijo—. No brincamos ni correteamos alegremente. Dormimos, matamos y comemos.

Aretha movía la cola descontroladamente sin perder las esperanzas.

—Muy bien —Crenshaw sopló la pelota de tenis, que rodó unos pocos centímetros. Aretha la cazó con los dientes y la arrojó por el aire.

—Eso fue algo juguetón de tu parte —dije y arranqué otra brizna de hierba para masticar—. Para alguien que declara que no juega.

—Temo que puedas haberme hecho con una pizca de perro —Crenshaw se estremeció—. De hecho, a veces quiero... rodar sobre algo apestoso. Quizá un zorrino muerto o un poco de basura maloliente.

—Los perros hacen eso porque...

—Yo sé por qué. Porque son idiotas. Y también sé que jamás atraparás a este hermoso felino rebajándose de esa manera.

Me senté. La luna era finita y amarilla.

—¿Puse algo más en la mezcla?

—Bueno, a veces me preocupa tener algo de pez. Me agrada bastante el agua.

Recordé cómo era yo cuando estaba en el primer curso.

—A los seis o siete años, me gustaban muchos los peces. Tenía un pez dorado llamado Jorge.

—Claro —dijo Crenshaw—, te gustaban muchos animales

en ese entonces. Ratas, manatíes, guepardos. Lo que se te ocurra –refunfuñó–. También los murciélagos. Con razón a veces duermo boca abajo.

–Lo siento –dije, pero no pude evitar sonreír.

–Al menos a ti te gustaban los animales. Tengo un amigo –un sujeto agradable– que estaba hecho totalmente de helado. Odiaba los días de calor.

–Espera –exclamé mientras asimilaba la información–. ¿Quieres decir que conoces a *otros* amigos imaginarios?

–Por supuesto. Los gatos serán solitarios, pero tampoco somos completamente antisociales –bostezó–. Conocí a la amiga imaginaria de Marisol, Woops. Y al de tu papá.

–¿Mi papá tenía un amigo imaginario? –grité.

–Es más común de lo que podrías llegar a pensar, Jackson –comentó y luego bostezó nuevamente–. Siento que se acerca una siesta.

–Espera –dije–. Antes de irte a dormir, cuéntame acerca del amigo imaginario de mi padre.

Crenshaw cerró los ojos.

–Toca la guitarra, creo.

–¿Mi papá?

–No, su amigo. También toca el trombón, si no recuerdo mal. Es un perro. Flacucho. No hay mucho para ver.

–¿Cómo se llama?

–Empezaba con F. Un nombre inusual. ¿Franco? ¿Fiji? –chasqueó los dedos, algo que los gatos no hacen normalmente–. ¡Finian! –exclamó–. Es Finian. Un sujeto agradable, para ser perro.

—Finian —repetí—. Hmm. Crenshaw, ¿dónde estás cuando no estás conmigo?

—Has visto una sala de maestros, ¿verdad?

—He espiado. No nos permiten entrar. Vi sobre todo muchas tazas de café y al Sr. Destephano durmiendo una siesta en un sofá.

—Imagínate una sala de maestros gigantesca. Mucha gente esperando, dormitando y contando historias acerca de chicos exasperantes e increíbles. Ahí es donde estoy. Ahí me quedo esperando por si me necesitas.

—¿Eso es todo lo que haces?

—Es bastante. Los amigos imaginarios son como los libros. Nos crean, nos disfrutan, nos manosean y nos arrugan, y luego nos guardan hasta que nos necesitan otra vez.

Crenshaw rodó hasta quedar de espaldas y cerró los ojos. Un dato sobre gatos que es bueno conocer es que solo exhiben la panza cuando se sienten seguros.

Su ronroneo llenó el aire como una máquina de cortar el césped.

Capítulo 47

El año pasado en cuarto curso, la Srta. Malone nos enseñó un dato interesante acerca de los murciélagos. Los murciélagos, dijo, comparten la comida unos con otros.

Se refería a los murciélagos vampiros, los que atacan a los mamíferos en medio de la noche, cuando están dormidos, y les abren la piel. En realidad, no chupan la sangre sino que la beben a lengüetazos, lo cual es igualmente increíble. Pero la parte realmente asombrosa, cuando los que te escuchan te preguntan *¿en serio?*, es cuando regresan a la cueva y comparten lo conseguido con los murciélagos desafortunados que no encontraron nada para comer. Para ser exacto, lo que hacen es vomitar sangre caliente en la boca de los murciélagos hambrientos.

Si ese no es el dato de la naturaleza más genial que he escuchado, no sé cuál lo será.

La Srta. Malone dijo que tal vez los murciélagos eran

altruistas, que significa que comparten para ayudar a los otros murciélagos, aun cuando sea riesgoso. Dijo que algunos científicos dicen que sí, y otros dicen que no.

A los científicos les encanta disentir.

Luego, la Srta. Malone me miró. Aun cuando recién era la tercera semana de clase, ya me tenía perfectamente identificado.

—Jackson —dijo—, tal vez tú seas el encargado de resolver este gran debate: *¿Son buenos los murciélagos o no lo son?*

Respondí que probablemente no fuera la persona indicada porque quería dedicarme a los guepardos, a los manatíes o a los perros, pero tendría presente a los murciélagos como un plan alternativo.

Ese día, la Srta. Malone mencionó algo más.

Dijo que a veces se preguntaba si los murciélagos no eran mejores seres humanos que los seres humanos.

Capítulo

Esa noche, me di cuenta de algo.

No podía marcharme con mi familia.

No podía soportar vivir otra vez en la camioneta.

No quería vivir preocupado nunca más.

La respuesta era obvia: tenía que escaparme.

No se trataría de un viaje. Le iba a preguntar a Marisol si podía quedarme con ella. Sus dos hermanos estaban en la universidad. Tenía espacio suficiente y yo podría ayudar con las tareas de la casa.

No tenía mucho que empacar. Tomé la almohada, la bolsa de recuerdos, algo de ropa y el cepillo de dientes.

Según lo había planeado, iría a la casa de Marisol antes de que mi familia despertase. Ella era madrugadora, no le molestaría.

Era difícil encontrar un trozo de papel y un lápiz, pero lo logré. Aretha y Crenshaw me observaron mordisquear el lápiz mientras decidía lo que iba a escribir. Todos los demás estaban dormidos. La luna estaba envuelta en niebla.

—¿Qué debería decir? —me pregunté a mí mismo y le pregunté a Crenshaw.

—Dile la verdad a la persona que es más importante —dijo Crenshaw—. Tú. :

Y eso hice.

Queridos papá y mamá:
Estos son los hechos.
Estoy cansado de no saber qué va a pasar.
Soy lo suficientemente grande como para poder entender.
Odio vivir así.
Voy a vivir con Marisol durante un tiempo.
Cuando resuelvan qué piensan hacer, quizá pueda unirme a ustedes.

Con cariño,
Jackson.

En un sobre, coloqué diez dólares que había recibido por pasear a los dachshund de los Gouchers. En el frente escribí: $7 para Safeway (dos potes de Gerber de pollo y arroz) y $3 para Pet Food Express (galleta en forma de gato).

Capítulo 49

Ta-ta-ra-ra-ta.

Era Robin tocando la puerta.

—¿Jacks?

Solté el lápiz.

—Ve a dormir, Robin. Es tarde.

—Me da miedo estar en mi dormitorio.

—Falta poco para que sea de mañana —señalé.

—Esperaré aquí junto a tu puerta —dijo—. Traje a Frank para que me haga compañía.

Miré a Crenshaw, que levantó las patas.

—No me preguntes a mí. Los niños humanos son infinitamente más complicados que los gatitos.

—Por favor, Robin, vuelve a la cama —le rogué.

—No me importa esperar —repuso.

Me levanté.

Caminé hasta la puerta.

Dudé.

La abrí.

Robin entró. Venía con la almohada, con Frank y el libro de Lyle.

La miré.

Luego miré la nota.

La arrugué y la arrojé a un lado.

Leímos el libro de Lyle hasta que nos quedamos dormidos.

Capítulo 50

Cuando desperté, Robin, Aretha y Crenshaw aún seguían durmiendo, desparramados sobre el colchón. Noté que Robin y Aretha babeaban un poco.

Sentados en el suelo frente a nosotros, se encontraban mamá y papá en bata de baño. Papá tenía estirada sobre las rodillas la nota que yo había arrugado y tirado.

—Buen día —susurró mamá.

No le respondí.

—Estos son los hechos —dijo papá suavemente—. Los padres se equivocan.

—Mucho —agregó mamá.

—Y tratan de no cargar a sus hijos con problemas de adultos. Pero a veces es difícil no hacerlo.

—Bueno, también es difícil ser chico —señalé sorprendido ante la ira que había en mi voz—. Es difícil no saber qué está pasando.

Robin se movió pero no se despertó.

—Lo sé —dijo papá.

—No quiero volver a aquella época —afirmé—. Los odié por hacernos pasar por eso. No era justo. Otros chicos no tienen que dormir en el auto. Otros chicos no tienen hambre.

Yo sabía que eso no era cierto. Sabía que otros chicos la pasaban peor que yo. Pero no me importó.

—¿Por qué no pueden ser como los demás padres? —inquirí. Las lágrimas me sorprendieron y respiré con dificultad—. ¿Por qué todo tiene que ser así?

Mamá trató de abrazarme pero no se lo permití.

—Lo sentimos mucho, cariño —susurró.

Papá se sonó la nariz y se aclaró la garganta.

Eché una mirada hacia Crenshaw. Estaba despierto y me observaba con atención.

Respiré profunda y temblorosamente.

—Está bien —dije—. En serio. Solo quiero que me digan la verdad. Eso es todo.

—Es justo —admitió papá.

—Más que justo —agregó mamá.

—Muy bien. Y acá tengo un hecho más —dijo papá—. Anoche llamé al hombre que quería comprarnos las guitarras. Me contó que su hermano es dueño de la tienda de música que está junto al centro comercial y necesita un subgerente. Su hermano también tiene un pequeño apartamento detrás de la tienda, y estará desocupado durante un mes. Al menos eso nos proporcionará un techo durante un tiempito. Y tal vez más trabajo.

—Eso es bueno, ¿verdad? —comenté.

—Es bueno —concordó papá—. Pero no es algo totalmente seguro. Mira, Jackson, la vida es caótica, complicada. Sería agradable que la vida fuera siempre así —dibujó una línea imaginaria que subía y subía—. Pero es mucho más como esto —hizo una línea zigzagueante que subía y bajaba como una cadena montañosa—. Pero uno nunca tiene que darse por vencido.

—¿Cómo es esa expresión? —preguntó mamá—. ¿Te caes siete veces y te levantas ocho?

—Más sabiduría tomada de las galletas de la fortuna —exclamó papá—. Pero es verdad.

Mamá me palmeó la espalda.

—De ahora en adelante, seremos lo más sinceros que podamos contigo. ¿Eso es lo que quieres?

Lo miré a Crenshaw y él asintió.

—Creo que sí —respondí.

—Muy bien —dijo papá—. Entonces es un trato.

—Y esto también es un hecho —observó mamá—. Me encantaría desayunar. Veamos qué podemos hacer al respecto.

La tienda de música parecía estar en bastante mal estado. Esperamos en el auto mientras mis padres fueron a hablar con el dueño. Les tomó mucho tiempo. Robin y yo jugamos al cerealbol con su gorra de béisbol y unos trozos de goma de mascar sin azúcar.

−¿Te acuerdas de esas gomitas color violeta? −preguntó Robin.

−¿Las mágicas?

Robin asintió.

−Tal vez no eran tan mágicas.

Me enderecé en el asiento.

−¿En serio?

−En serio. Eran de la fiesta de cumpleaños de Kylie −explicó Robin mientras tironeaba de su coleta−. Yo quería que pensaras que eran mágicas. Pero no existe tal cosa. Por supuesto.

—Bueno, tal vez a veces la magia existe —comenté—. Nunca se sabe.

—¿En serio? —preguntó Robin.

—En serio —respondí.

Cuando mis padres salieron de la tienda, estaban sonrientes. Le estrecharon la mano a un hombre, que les dio un juego de llaves.

—Conseguí el trabajo —anunció papá—. Es de medio tiempo, pero con todo lo demás, debería ayudar. Y tenemos un apartamento, al menos por un mes. Con suerte, para entonces, se nos habrá ocurrido otra idea. Creemos que es muy importante que Robin y tú se queden en la misma escuela. Vamos a hacer las cosas lo mejor que podamos, pero no existen garantías.

—Lo sé —dije y, aunque sabía que no era la mejor respuesta, me pareció que estaba bien.

El apartamento era diminuto y tenía un solo dormitorio. No había televisión y la alfombra era de un color beige deslucido.

Aun así, tenía un techo, una puerta y una familia que lo necesitaba.

El artículo que leí acerca de los amigos imaginarios decía que a menudo aparecían durante momentos de estrés. Explicaba que los niños tienden a superar a los amigos imaginarios a medida que sus intereses maduran.

Pero Crenshaw me contó algo más.

Me dijo que los amigos imaginarios nunca se van, que están de guardia, esperando, en caso de que alguien los necesite.

Le señalé que eso me parecía demasiada espera y dijo que no le importaba. Era su trabajo.

La primera noche en el nuevo apartamento, dormí en un sillón en la sala. Me desperté en la mitad de la noche; todos dormían profundamente.

Mientras me dirigía al baño para tomar agua, me sorprendió escuchar agua correr. Golpeé y, al no recibir respuesta, abrí apenas la puerta.

Las burbujas flotaban y danzaban por el baño. Había una nube de vapor. Pero a través de la neblina, alcancé a distinguir a Crenshaw bajo la ducha. Se estaba haciendo una barba de espuma.

–¿Tienes gomitas color violeta? –preguntó.

Antes de que pudiera responder, sentí la mano de papá en el hombro.

–¿Jackson? ¿Estás bien?

Me di vuelta y lo abracé fuerte.

–Te quiero –le dije–. Y eso es un hecho.

–Yo también te quiero –susurró.

Sonreí al recordar la pregunta que hace tiempo había querido hacerle.

–Papá –comencé–, ¿alguna vez conociste a alguien que se llamara Finian? –cerré la puerta del baño y, mientras lo hacía, capté otro vistazo fugaz de Crenshaw: estaba parado de cabeza, la cola cubierta de espuma.

Cerré los ojos con fuerza y conté hasta diez. Lentamente.

Diez segundos me pareció la cantidad de tiempo necesaria para estar seguro de que no se marcharía.

Cuando abrí los ojos, Crenshaw continuaba ahí.

Tenía que haber una explicación lógica.

Siempre hay una explicación lógica.

Mientras tanto, pensaba disfrutar de la magia mientras pudiera.

Sobre la autora

Katherine Applegate es la autora de la saga *Animorphs* y las novelas *Home of the Brave* y *El único e incomparable Iván*, ganadora de la Newbery Medal 2013. Katherine vive con su esposo, el autor Michael Grant, y sus dos hijos, en California.

Tu opinión
es importante

Escríbenos un e-mail a
miopinion@vreditoras.com
con el título de este libro en el "Asunto".

Conócenos mejor en:

www.vreditoras.com

Más información en:

facebook.com/vreditorasya